蝶恋花

高菲 著

中国画报出版社
CHINA PICTORIAL PRESS

蝶恋花

古体诗

高菲 著

中国画报出版社·北京

高菲,杭州人。
喜欢艺术,从小接受家传的琴棋书画教育,后接受多年声乐和芭蕾舞训练,每日写诗,成为习惯。
喜爱古典诗词和现代诗歌,笔耕不辍。

真挚与最美的孤寂
——读高菲诗集《蝶恋花》

蔡劲松

诗作为语言的艺术,自古以来就是人类生命意识深处的精神性诉求,是最值得珍视的自由心灵的呼吸和文化的花朵。在当今"消费"特质遍存,充斥着浮躁、焦虑情绪的世界,人与人、人与物、人与自身之间的关系,变得脆弱、疑惑甚至粗暴,人们在虚拟、智能、快捷、复制、淘汰、更新……等无法预计的"变量"面前,紧张、兴奋而又茫然,深感力不从心,无所适从。"诗意地栖居"这一被古今中外共同体认的理想境界,如今看来多少有些"奢华",似乎暗自携带了一种强烈的文化情怀或臆想,正离我们的日常生活渐行渐远。

那么,现实中的人们,到底该有什么样的生活?今天还能不能找回人世间尤为可贵的诗性与诗意,重新温暖生命个体的纯真激情与人生道路?这些诘问,我在高菲即将面世的古体诗和现代诗合集《蝶恋花》里,找到了初步的答案。《蝶恋花》的特邀编辑和美编同时向我推荐这部诗集,并发来了全书的 PDF 设计版。在电脑上阅读高菲的诗作,我心生感念,不免回想起上个世纪八九十年代那段诗歌的黄金岁月,甚至一度幻觉:那些远去了的真挚与诗意,真的穿越了虚拟的网络和自媒体,伴随精神的身影与心灵的云雨,踏歌归来了么?

其实,当今诗坛一直是真假繁荣、潜流与泡沫并存。可贵的是,《蝶恋花》的作者高菲,似乎从未登临过所谓"诗坛"。从简洁的自我简介及自序中知道,生长在杭州的高菲,自幼研习琴棋书画和歌舞,写诗就是记日记,是一种坚持了三十年的习惯:"诗歌这种凝练细腻而又优美温暖的文字记录方式,成为我的生活中不可或缺的一部分。"她出版这本诗集,亦是在被友人偶然发现后的鼓励和建议下,本着传递"美好能量"的意图,期望告诉更多的人"有诗歌相伴的生活是多么美好"。应该说,高菲的这种生活状态与生存模式选择,是值得很多人羡慕的,这是一种真正与诗相伴,让诗进入日常生活的自觉状态;亦是将生活过成诗意,让"万趣"融入诗之思的人生修为里。

无论是古体诗还是现代诗,高菲的"日记般"的写作都浸透着自然之美、简淡之美。高菲的诗画面感极强,她把自己的心投射到语言中,投射到个人情感和思维的叙事里,读者可从其诗句中寻得她即时的心绪和美的踪迹。她呈现的诗性画面,即便只是映照了自己一个人的情感与想象的世界,只是丰富和表达着自己的心路历程,但这种自在的传递已然成为她"诗感"的客观对象和存在,定会激起有心者内心的波澜。

先说高菲的古体诗词。集清新简朴之气,涵养心中美的节律,感悟天地、自然、人生、情感的交叠、融汇乃至激越、感伤,大致是高菲诗词的精要处。在她的诗意栖居世界里,尘世与春华、光阴与琴音、孤寂与恋情,都经过词牌、韵律的规制和一番细腻的洗涤,在审美的"移情"中体验和感知到构成诗词艺术具备的条件。从近处看,其诗词创作与写作者的生活和心理距离逐渐消融,使她能够清醒地"住在现实生活里";从远处看,她又渴望在诗性的构筑中得到精神的滋养与改造,进而以自己微弱的言辞证明哪怕是一朵小花、一片绿叶,也会唤醒深处的孤寂心灵,表达深层的真挚欲恋。

譬如《长相思·春华恋》:
叹红尘,恋红尘,萧索初华莫叙真,平添一段春。
来无痕,去无痕,静若般般欲断魂,谁添一扇门。

这是一首写于1999年岁末的词。词意很容易理解,但将"红尘"之叹与恋,于世纪交替、万象更替之际,从"萧索"的意象中牵引出"平添一段春"的论断,再以来去无痕的强调,烘托"欲断魂"的复杂景象或情感,结句关于"谁添一扇门"的追问,恰恰表达了诗人所欲传递的心灵感受:人生情感素静无华,天地岁月悠然不止,谁能悟到万物春华之内律与心机?

再看《乌夜啼·月落琴息》:
月坠西厢柳畔,梧桐哪处偷欢。几只莺鹊仍流浪,陋叶避风寒。
溪水清清淡淡,飞花点点缺残。谁人门外琴息叹,赶近是情关。
这一首写得清爽纯洁,情义绵绵,透出既安详恬静又淡淡伤怀的境界。无论月坠西厢还是莺鹊流浪，都在梧桐陋叶、溪水清淡中归于平静。但一句"飞花点点缺残"，道出了拨琴者的感怀与心绪，或小我之情，或大我之感，其实都无关紧要，词句间充盈的哲思，已升华到审美的层级与心灵的境界。

关于高菲的现代诗，通读过后，我以为乃是其个人"心史""情史"的注脚、印证与反映。整体上看，高菲的现代诗创作，像是一个人的喃喃自语，其人生履历即游走在诗的镜像中。她珍视人世间遇见的所有的情感，珍视遇见中的心灵自由与畅想，喜欢沉浸在自己的世界里寻梦、追梦、忆梦——所有这些，都基于她在生活中追求做回一个最本真的自我，这个自我的情感是丰富的，是有波澜的，有时还是矛盾的——她身陷其中，醉心于诗意的营造，在言行间，在意识里，她期盼能够深入美感，逼近美的内核，将美如实地映射到心里，把真挚和最美的孤寂写进诗句中，再把它投射出去，最终做成给自己"留念"的"时光诗"。

所以，尽管高菲的一些现代诗语言过于直白，诗性塑造不够"高深"，但并不妨碍其作品整体诗意带给读者的感动。或许是由于她自小研习琴棋书画之故,其诗作天然地有种行云流水的韵味,词语间充满美的旋律和节奏,呈显出个体生命的丰富与华美情感。

如她在《最美的孤寂》中写:
如果有一天你问我:/静默是否孤寂?/我会决然告诉你:/静默,是爱你最美的孤寂。

这样的情绪和对静默的独特理解,其实就像是把作者自己的心思镶嵌在一段青春的歌词里,将自己的主观放置在情绪的波澜之上,以心理对晤及至抽象,摄取孤寂的美的诗意。

在情诗《月的告白》中,她也写出了如下饱含个体生命哲思的诗句:
生命本就单纯。/在那庄严素裹下的似水流年,/细化了人生,/悲悯在流浪的渡口,/勾勒了每一处蓦然回首时,/那一层层清澈的胸怀。

事实上,高菲的现代诗,更多的是自己心路和情感历程的记录与表达。她的情诗写得真切自然而不做作,充盈空灵而不虚张。这些诗,既是写给她真实的感情的，更是写给她长久构筑的自由心灵与精神空间的——这就够了，作为诗的境界与功用，高菲在古体诗与现代诗的个体写作间穿梭往返，尝试着对自我孤寂灵魂的救赎，空明的简淡的诗心容纳着人性之真、心性之纯、诗性之美，喻示着当代人诗意栖居的可能。

蔡劲松

北京航空航天大学人文与社会科学高等研究院院长、教授、博士生导师，中国作家协会会员、中国美术家协会会员

自序

人对很多事情是天生有亲近感的。
我对诗歌就是这样。小时候刚识字时,家人给我看古诗词,我就觉得非常亲近、熟悉。
从照葫芦画瓢开始学着做诗,
直到现在,记日记都是用诗歌形式。
诗歌这种凝炼细腻而又优美温暖的文字记录方式,成为我的生活中不可或缺的一部分。

有人问我,诗歌在现代社会的应用很稀有了,你那么钟情于诗歌,不觉得写的时候拿腔拿调吗?
我说,不觉得啊,以诗喻志,以诗喻物,生活在我眼里都变得温馨美好。即使遇到不快,想起李白的豪迈诗歌,吟诵几句,立刻觉得身心通畅,满血复活。
因为有诗歌情结,让我的生活变得阳光美好。这种习惯也影响到我三岁的女儿,她也经常会学着妈妈吟诵几句。

前段时间,朋友偶然发现我写诗写了三十多年,很好奇地要看看。朋友读了我的诗，建议我：出诗集吧。告诉大家有诗歌相伴的生活是多么美好。和大家分享充满温馨的诗句，也是一种美好能量的传递。

当诗集出版变成现实时，因为是第一次，所以我惴惴不安地等待更多朋友的反馈，同时希望每位看到诗的朋友，能有心存美好的共鸣。

2018年7月于杭州

目 录

真挚与最美的孤寂 / 7

自序 / 15

目录 / 19

更漏子·雁南飞 / 25

长相思·春华恋 / 26

虞美人·相思红笺 / 28

浣溪沙·烟锁琼阁 / 29

乌夜啼·月落琴息 / 30

思帝乡·风情泪 / 31

春光好·苦思妆 / 32

一剪梅·人静楼空 / 34

捣练子·月戏流离 / 35

诉衷情·人道王孙 / 36

潇湘神·月明天 / 38

望江东·追烟树 / 39

少年游·菩提开元 / 40

醉春风·一世因果 / 42

如梦令·蝶落裳 / 44

一剪梅·醉秋虫 / 45

采桑子·空色清心 / 46

苏幕遮·把酒春山 / 48

青玉案·寒食静念 / 50

浪淘沙·渔舟贪欢 / 52

鹧鸪天·花田溪下 / 53

长相思·秋夜思君 / 54

浪淘沙·孤寂天涯 / 56

长相思·花愁 / 57

一剪梅·夙愿 / 58

西江月·空山牵绊 / 60

蝶恋花·踏雪寻欢 / 61

捣练子·清闲 / 62

水调歌头·等待有清安 / 63

满江红·家国硕 / 64

水调歌头·逍遥乾坤 / 66

杏花天·花间轻狂 / 67

画堂春·福满人间 / 68

杏花天·春晓 / 70

一剪梅·青颜垂 / 71

西江月·逝春妆 / 72

长相思·春思思 / 73

生查子·小窗闲情 / 74

月照梨花·清明怀远 / 76

忆王孙·酒醉梨花 / 77

鹧鸪天·信步乾坤 / 78

钗头凤·病在深秋 / 80

八声甘州·爱我中华 / 82

花开陌上 / 83

江畔春伤 / 84

今昔何夕 / 86

别时茫茫 / 87

童言岁月 / 88

古道幽窗 / 90

碧海摇影 / 92

乱红飞处 / 94

琴瑟怀古 / 95

倚秋窗 / 96

断云春草间 / 98

无语问苍天 / 100

尘香穷思 / 102

合欢花酒 / 104

西窗谈笑 / 105

醉是清欢 / 106

一江烟雨 / 108

误弄凉悲 / 109

月夜倾诉 / 110

琵琶光阴 / 112

寒更酒 / 113

花间梦 / 114

杜鹃啼 / 116

山月奈何天 / 118

春花思 / 120

诉衷情 / 121

暮晓云飞 / 122

花开从容 / 124

小窗柔情 / 126

画堂春山 / 127

水墨人间 / 128

执手天涯 / 130

更漏子·雁南飞

雁南飞,
春露望,
四海翻腾无量。
千古泪,
影飞扬,
清照也痴狂。

星河伉,
锣声响,
九府华灯齐放。
忆旧梦,
染新装,
回眸笑断肠。

1999 年 7 月 9 日

长相思·春华恋

叹红尘,
恋红尘,
萧索初华莫叙真,
平添一段春。

来无痕,
去无痕,
静若般般欲断魂,
谁添一扇门。

1999 年 12 月 29 日

虞美人·相思红笺

枯藤红笺相思树,
桂雨呢喃路。
孤山远影醉中秋,
把酒当歌白了少年头。

亭台霜露西风舞,
弦外婵娟苦。
小窗青涩为谁留,
离散人儿别样是乡愁。

2009 年 9 月 26 日

浣溪沙·烟锁琼阁

烟锁琼阁暖语情,
幽绵清夜谁催鸣。
绯霞扶枕段新萌。

月影欲花催凛雨,
涟漪霜露凤鸾惊。
梅花乍现淡香盈。

1998年3月6日

乌夜啼 · 月落琴息

月坠西厢柳畔，
梧桐哪处偷欢。
几只莺鹊仍流浪，
陋叶避风寒。

溪水清清淡淡，
飞花点点缺残。
谁人门外琴息叹，
赶近是情关。

2004 年 8 月 17 日

思帝乡 · 风情泪

人未归,
楼前明月微。
自古离思愁绪惹魂飞。
晚景萧疏憔悴不能回,
万种风情泪,
几重悲。

2000 年 11 月 17 日

春光好 · 苦思妆

春江去,
远山凉,
苦思妆。
一把辛酸月满仓,
泪茫茫。

人世自忧自困,
缠欢红笺轻狂。
唯有杜鹃孤寂处,
满庭芳。

2008 年 3 月 7 日

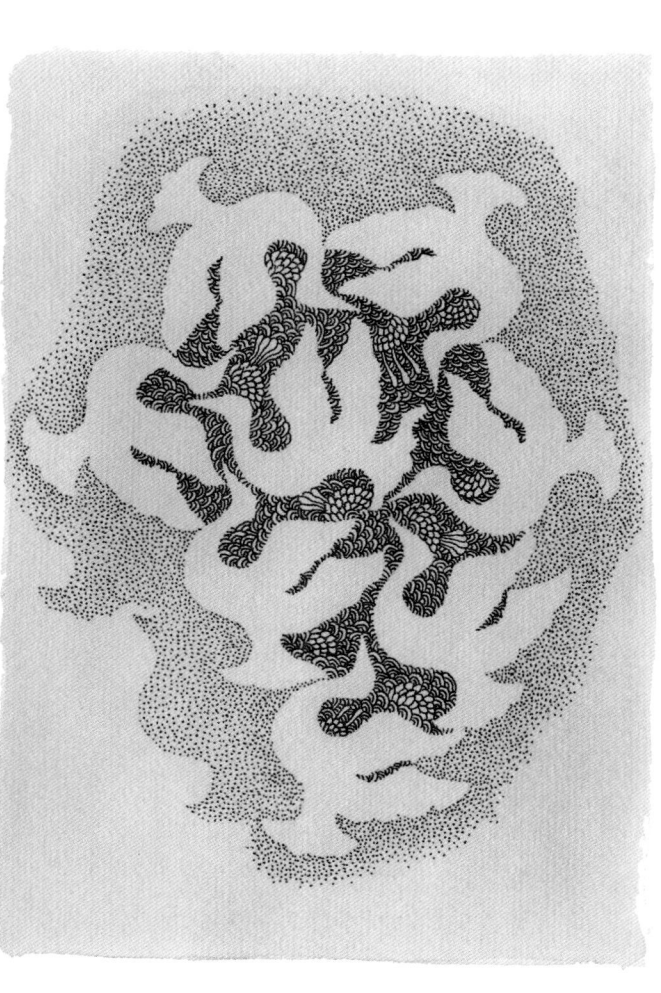

一剪梅·人静楼空

雨后黄昏别样红,
映了春山,
又染芙蓉。
浓情万缕正当时,
月满枝头,
人静楼空。

一世悲凉一夜终,
谁与心伤,
谁与心同。
归来飞雁落邻家,
魂不相从,
缘也难冲。

2001 年 2 月 15 日

捣练子·月戏流离

孤鹊引,
意言穷,
四季人生谁不从?
月戏流离皆短暂,
四合回转败西风。

2001 年 10 月 20 日

诉衷情·人道王孙

清明欲雨润佳人,
岂叹不逢春。
院香幽径询问,
此处化风尘。

缘永眷,
路犹新,
意难纯。
换天山雪,
得一江月,
人道王孙。

2000 年 4 月 5 日

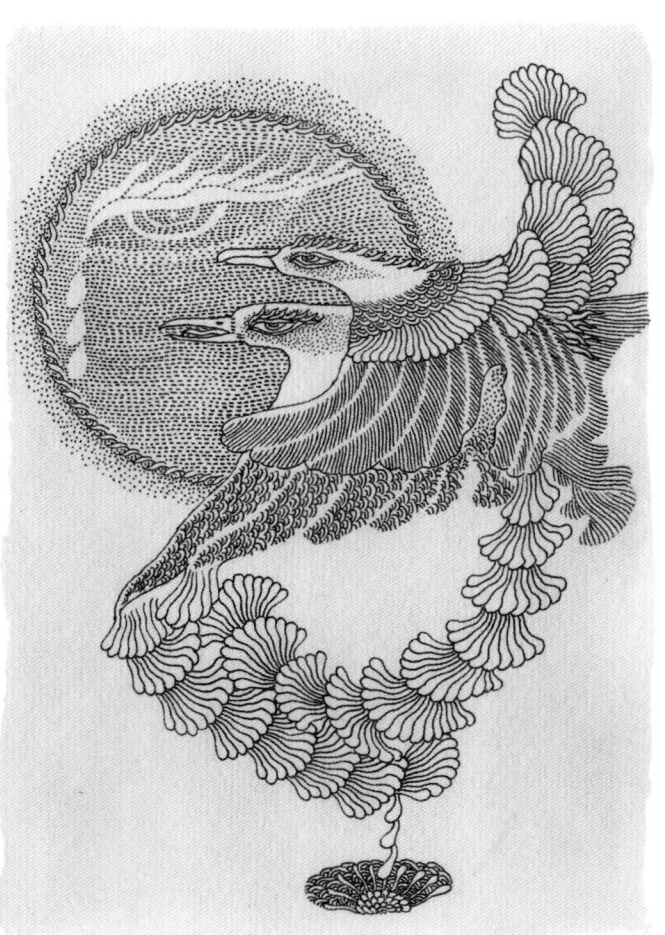

潇湘神·月明天

月明天,
月明天,
月坛如海浪滔天。
醉洒桃园明月夜,
春风有限月明天。

2005 年 2 月 27 日

望江东·追烟树

不可不知在何处,
切等候,归来主。
心随天意身随舞,
却不想,追烟树。
花飞花谢留不住,
几回首,风情路。
人非圣者谁不负,
一时忍,得千户。

2003 年 3 月 23 日

少年游·菩提开元

菩提魂挂锁西天,
一路尽开元。
秀水江山,
青衣造化,
智者苦生全。
玉炉香胜添香满,
一夜过窗寒。
色易成空,
空难易色,
空色落心寰。

2002 年 12 月 15 日

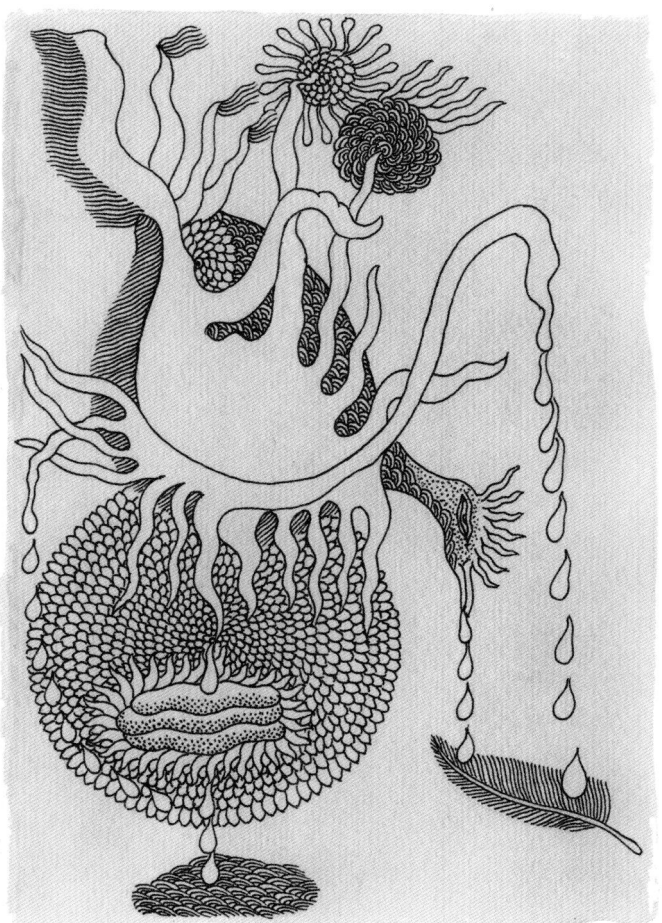

醉春风·一世因果

酒醉风情弱,
心迟花自破。
人生一去不相逢,
过、过、过。
月拢楼台,
以知不惑,
漫天枷锁。
闲事一个个,
不曾为了我。
流光舍弃挂残空,
惰、惰、惰。
苦短终极,
半边萧瑟,
一世因果。

2004 年 10 月 29 日

如梦令·蝶落裳

思忆碧潭波荡,
遐绪润霖琼浆。
俏柳弄清风。
玉帕醉拥莲乡。
休嚷,休嚷,
蝶落颜梨涡漾。

1998 年 5 月 23 日

一剪梅·醉秋虫

玉黛霓裳汉月穹,
雨打红枫,
沾染梧桐。
而今帘下醉秋虫,
花也朦胧,
人也朦胧。

大浪淘沙逝北风,
山外晴空,
人世匆匆。
彷徨弦上自从容,
桂雨茶浓,
乐在其中。

2009 年 10 月 18 日

采桑子·空色清心

换得来世三生暖，
色易清心，
空易归今。
有始还终般若寻。

民生康乐人间过，
苦乐沉沉，
悲喜吟吟，
笑看尘埃笑看金。

2006 年 7 月 25 日

苏幕遮 · 把酒春山

野花香,
青草翠,
雨打芭蕉,
枝上黄昏睡。
夜落残风秋落泪,
雁去楼空,
独饮千江水。

一年年,
一岁岁,
鬓上寒冬,
古道痴人悔。
尘世云烟尘世味,
天地无为,
把酒春山醉。

2011 年 10 月 10 日

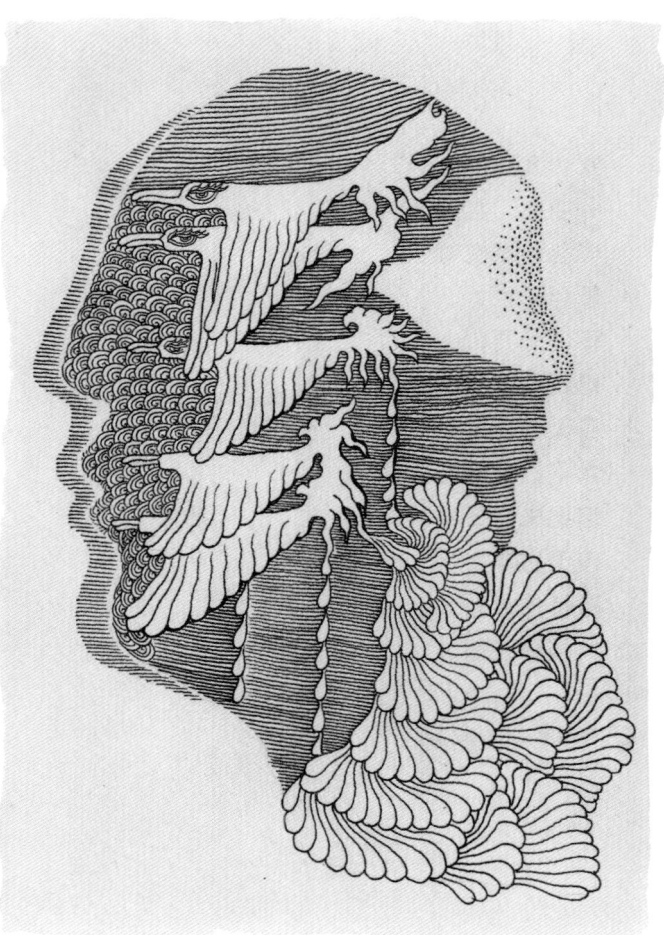

青玉案·寒食静念

寒食九岁催人老,
一曲曲、梨园调。
愫怨终结空对照。
悬浮一世,
孤独无要,
忍耐需多少。
苍天自古情难了,
月下红尘暗香傲。
但愿来年冬岁早,
漫天风雪,
藏得依靠,
共与梅花俏。

2010 年 12 月 27 日

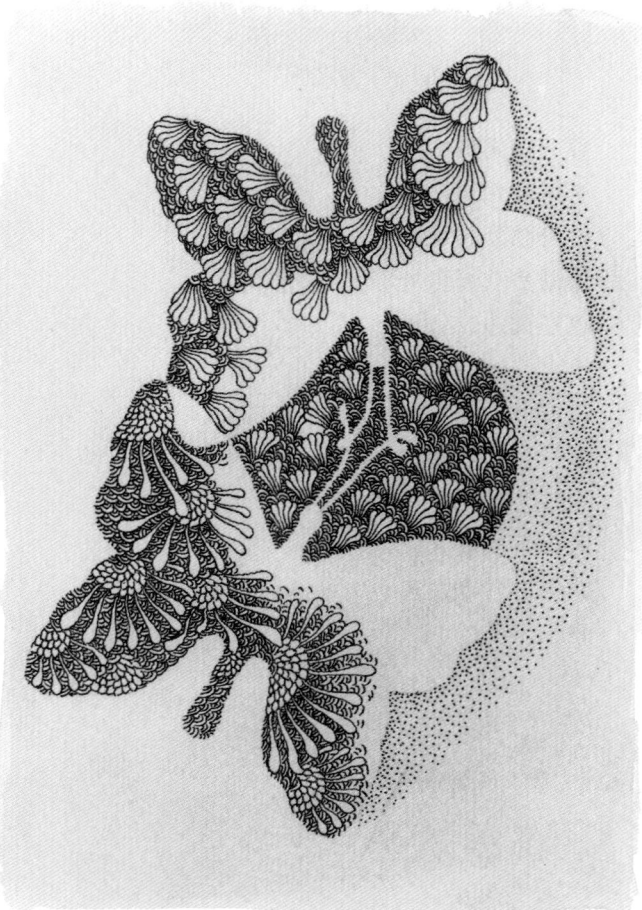

浪淘沙·渔舟贪欢

春雨夜阑珊,
心付婵娟。
渔舟弦外小窗寒,
助酒贪欢惆怅处,
痛在谁边。

万物自悠然,
天地无眠。
大江东去故人颜,
欲罢竹箫千百遍,
患难人间。

2012 年 4 月 10 日

鹧鸪天·花田溪下

雨醉风绵残晓天,
愁起菡萏半边全。
七夕不满凉蟾地,
独守空房夜未眠。

情相守,爱无间,
人生难免苦婵娟。
花田溪下倾听处,
爱你何止一万年。

2011 年 8 月 6 日

长相思·秋夜思君

月婵娟,
画婵娟。
画里婵娟泪满天,
相思守夜寒。

秋无言,
花无言。
秋尽花残一瞬间,
盼君早日还。

2012 年 10 月 9 日

浪淘沙·孤寂天涯

大浪漫溪沙,
穷尽年华。
二十辗转镜中花,
昨夜西楼多少恨,
又剩伤疤。

暮晚立朝霞,
独享奇葩。
无情肆虐帝王家,
成败人生皆是客,
孤寂天涯。

2013 年 6 月 27 日

长相思·花愁

花亦愁,
我亦愁,
我为花愁花更愁,
婵娟满戏楼。

秋自由,
心自由,
心上秋欢怎自由,
新愁换旧愁。

2003 年 9 月 21 日

一剪梅·夙愿

又是一年好运开，
花港鱼肥，
柳浪魂飞。
去年此日盼同回，
却无人陪，
今又难归。

年夜银蟾寂寞辉，
水火相欺，
胜败相依。
烟花报晓听春雷，
乐在重围，
痛在心碑。

2007 年 2 月 15 日

西江月·空山牵绊

月落空山归去,
浮弦沉寂苍天。
凡尘欲雨自成眠,
唯我一人牵绊。
昨夜惊弓催发,
今时纵引狂澜。
人生几度换容颜,
怜我真心一片。

2014 年 6 月 19 日

蝶恋花 · 踏雪寻欢

踏雪贪欢山色渺,
瘦柳含霜,
枝上梅花闹。
慵敛黄昏须发早,
清风摇曳琵琶调。
万里江陵烟巷老,
不胜轻狂,
怎解君王道。
天上人间空去了,
痴情还是无情好?

2013 年 1 月 6 日

捣练子·清闲

眉黛远,
影疏斜。
天地琼瑶山水家。
野照竹隐闲信步,
轻狂一寸寄天涯!

2018 年 5 月 9 日

水调歌头·等待有清安

十五几时到,
引月上青天。
独酌十载离索,
岂用梦升咽。
今又星光颤荡,
满腹流石鸣状,
无影放长欢。
宁愿心归去,
不愿意归来。

欲出世,难藕断,夜酸残。
对饮对幻,
婵娟煮酒半边寒。
怎晓桂干莲透,
秋夏三分苦短,
来去乱华妍。
仰望天将少,
等待有清安。

2007年11月17日

满江红 · 家国硕

驻马腾飞，龙兴舞。
倚天长逸，君覃道。
忠肝义胆。
智雄守隙。
乱砾崩云千幻雪，
惊涛裂岸一重迹，
跨万年，用舍待由时，
留闲壁。

浮生隐，杰中赫。
横阵野，寒空射。
释金尊玉杖握浑疆策。
聚流丸鲵，湖倦客，
鳌头独占崖僇索。
箭穿阴，
华发醉重阳，
家国硕。

2006 年 6 月 26 日

水调歌头·逍遥乾坤

一场清花雪,
嬉笑弄尘人。
来时触醒当下,
当下去时昏。
蝶化庄生苦惑,
摄取依仁朝彻,
温故以优新。
若愿其常态,
游刃有风云。

而今日,多牵绊,乱庭门。
舍得进退。
知遇不待总离分,
谁为解乾坤。
纵有逍遥至,
天地共精神。

2008 年 9 月 3 日

杏花天·花间轻狂

小桃初退青丝袖,
难言处,
伤心独奏。
孤山春酿花间柳,
虚度轻狂依旧。

钱江畔,
傲然回首。
饮惆怅,
一杯薄酒。
今时明月来时瘦,
病在妆前人后。

2010 年 8 月 19 日

画堂春·福满人间

寒江烟雪小梅山,
一年又在昨天。
知音弦外咏禅闲,
月上西边。

芦苇残黄风夜,
元宵十五婵娟。
新春双喜泪欢颜,
福满人间。

2014 年 2 月 10 日

杏花天·春晓

暮云初上江天渺,
竹溪月,
杏花春晓。
静尘一念潭空调,
解语琵琶含笑。
欲来去,
欲归清了,
须将至,
平章清傲。
光阴逐水浮身老,
独与尊前年少。

2016 年 4 月 29 日

一剪梅·青颜垂

别梦依稀未有期,
新月素眉,
帘卷星辉。
三年一面见朝昔,
寒日潇潇,
叶落芳菲。

人在天涯华发悲,
雁影托思,
塞马情归。
离时欢会青颜垂,
几许风吹,
几度轮回。

2017 年 12 月 16 日

西江月 · 逝春妆

杜宇一声惆怅,
清明几度新凉。
梨花月下逝春妆,
思念别来无恙。

江水悠悠荡荡,
浮生子夜彷徨。
今朝有泪倚眉伤,
把酒来生相望。

2015 年 4 月 5 日

长相思·春思思

花痴痴,
月痴痴。
月影羞花寂寞时,
相思春草知。

春迟迟,
夜迟迟。
夜半春残小步湿,
新妆对饮谁?

2018 年 5 月 3 日

生查子·小窗闲情

飞花闲日愁,
放鹤孤山后。
夕阳本无情,
江水寒山透。

北风千丈行,
十里炊烟皱。
不解小窗眠,
明月长空瘦。

2016 年 1 月 22 日

月照梨花·清明怀远

巷雨春野,
空山梨院,
斗草清明,
闲愁两卷。
孤影把酒芳华,
寄天涯。

闭门独与伤花面,
一分怀远,
几许阑珊艳。
云稀冷月如旧,
一夜微凉,
故人窗。

2018 年 4 月 5 日

忆王孙·酒醉梨花

清明盏酒醉梨花,
枯笔残灯孤月华。
宿草伤春百姓家。
寄天涯,
一片愁思一片沙。

2017 年 4 月 3 日

鹧鸪天 · 信步乾坤

林断山明素面风,
野照残阳欲花穷。
闲云信步凭阑意,
酒醉三更杜鹃声。

寒舍外,月匆匆。
蓬莱竹隐复眠中。
浮生沧海浮生梦,
天地乾坤与谁同?

2016 年 1 月 19 日

钗头凤·病在深秋

春寒峭，
经年少。
静夜婵娟人易老。
帘幕垂，
落芳菲，
碧空千丈，
浪迹情思，
回、回、回。

尘颜恼，
三更笑。
病秋残蕊黄昏少。
野花肥，
晓风吹，
奈何浮世，
水调清晖，
归、归、归。

2016 年 2 月 18 日

八声甘州·爱我中华

望钱江潮涌尽风流。
奔腾吼天涯。
品人生百态,
纵横交错,味是千家。
苦乐酸甜功过,浓淡一杯茶。
梦系红尘处,大浪淘沙。

卷土狂澜锋刃,
斩乱石嶙角,恶兽毒蛇。
建雄鹰战马,立盛世奇葩。
七十年,伸屈进退。
转瞬间,崛起舞春霞。
情何在?
巅峰时刻,爱我中华。

2015 年 9 月 3 日(抗战胜利 70 周年)

花开陌上

百草园,
书香院,
花开寂寞沉枫暖。
乌篷船,
东湖边,
一息春更夜梦寒。

星霄汉,
情难堪,
月上云岚清瘦远。
玉炉绵,
画阑珊,
珠帘情常与君伴。

2017年1月8日

江畔春伤

江畔芦苇荡,
云随雁字长。
窗外杨柳青青,
枝枝叶叶惆怅。

风含落花有主,
寻思春闲虚度。
暗香浮动远山旁,
梨花带雨春伤。

2015 年 4 月 3 日

今昔何夕

端午佳节倍多情,
新月不知感慨生。
今昔何夕芳草梦,
谁人离骚添海平?

2017 年 5 月 30 日

别时茫茫

今夜月明人尽望,
别时茫茫不成欢。
聚时成欢长天笑,
梧桐夜雨三更寒。

缘起缘灭何时短?
蹉跎岁月本无情。
浮云游子君不见,
无为江山万里行。

2016 年 5 月 23 日

童言岁月

幼童轻岁月,
谓言可久长。
见人初解语,
问客夏与商。

2017 年 6 月 1 日

古道幽窗

江水碧寒,
琼色阑珊,
残阳古道西边。

月色清收,
灯窗幽静,
天上人间随缘。

2015 年 9 月 10 日

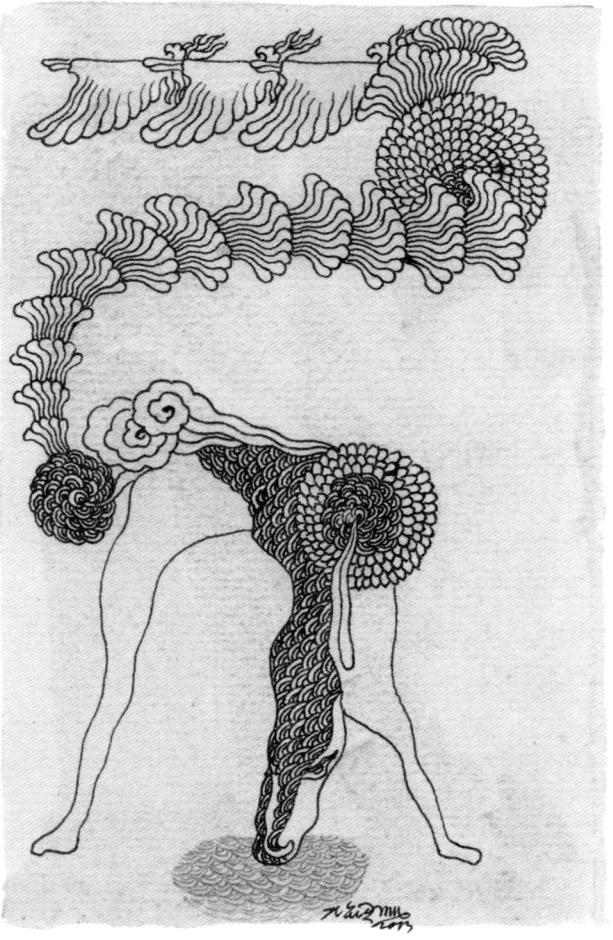

碧海摇影

蜜意浓情江水绵，
月满西楼，
花深一片。
春词重帘笛声浅，
一纸红笺，
相思无限。

天涯沦落碧海闲，
知人倦客，
离人见远。
庭院幽期摇影欢，
别样番生，
愁肠不见。

2015 年 5 月 9 日

乱红飞处

轻寒细雨,
雾断尘烟。
江天虚声犹在,
枕上花间。

且欲去,
暗香未尽,
烛影寒暄,
乱红飞处何年?
醉漾轻舟,
一抹流连。

2016 年 3 月 13 日

琴瑟怀古

水边春寒似穷秋,
花影淡,碧天柔。
远山黄昏戏烟柳,
云开外,
月满西楼。
澄霄迟迟素念开,
琴瑟怀,自风流。
古道沉思残妆酒,
莫谈笑,
一醉方休!

2018 年 6 月 10 日

倚秋窗

江山如画里,
梧桐斜阳淡。
松间泉上烟波浅,
惆怅夜缠绵。
自古秋窗寒,
野旷清月低。
落叶凉暮秋风起,
相顾两依依。

2017 年 8 月 18 日

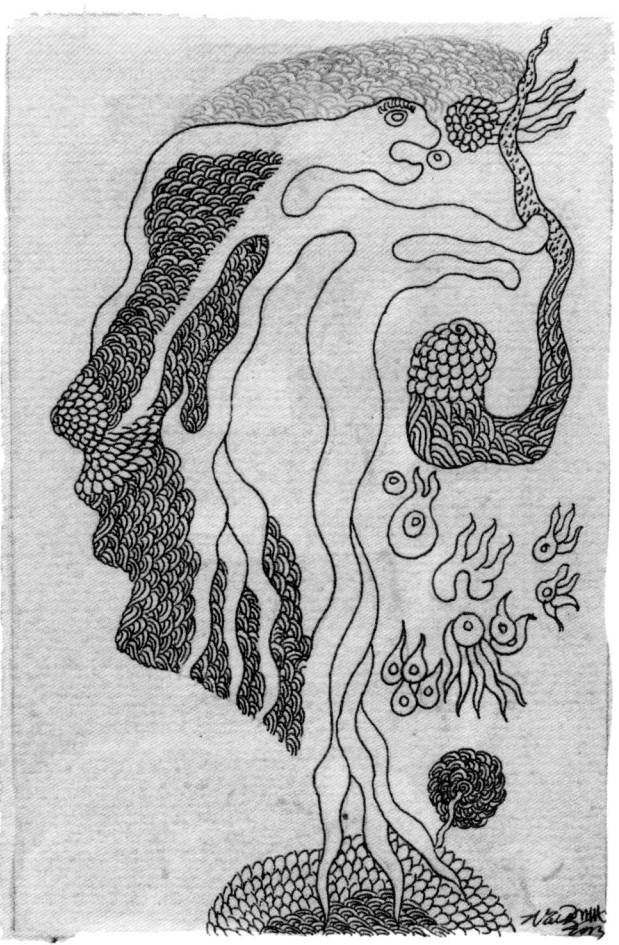

断云春草间

庭院生月青灯盏,
万语千言开遍。
蜜意浓情离人念,
芳心春草一片。

人情至,
意重帘,
恨是乱花风太浅。
等夕孤眠浮名散,
断云飞处,
换了人间。

2015 年 4 月 17 日

无语问苍天

轻罗小扇双飞燕,
春泥点点寒。
斜阳低垂烟波浅,
相思水云间!
青青陌上空山月,
露华芳草怜!
小窗尘香朱颜倦,
无语问苍天!

2018年6月1日

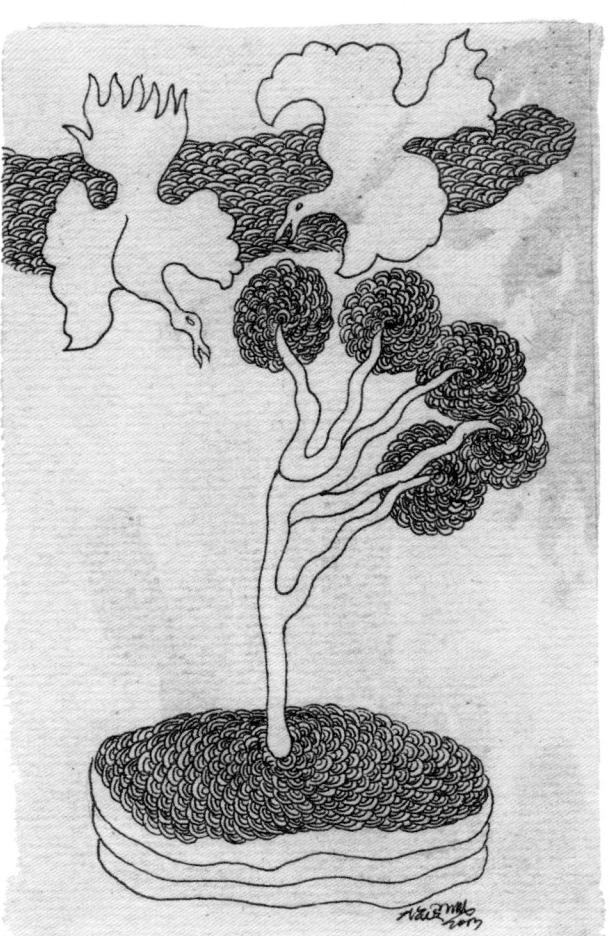

尘香穷思

冷月空山尊前念,
修门散入尘香缘。
清江疏雨何须待?
惊瘦归迟醉心寒。

短梦音书别来意,
随之远近锁春怜。
来去匆匆穷思处,
催花无计付人间。

2016 年 7 月 12 日

合欢花酒

花间一壶酒,
秋夜卷帘人。
七载婵娟月
合欢影沉沉。

十五依儿恋,
桂枝香暖深。
愿君平安路,
风雨共天真。

2017 年 10 月 13 日

西窗谈笑

飞雪身是客,
江南烟雨羞。
孤台酒醉夜悠悠,
相思明月楼。

人言西窗老,
凭栏万里柔。
江山何人空谈笑?
千古借风流。

2016 年 1 月 22 日

醉是清欢

萧萧秋风起，
明月随花去。
烟波画孤城，
水流沉云寄。

夜半空山晓，
桂雨凉初嗅。
竹外洞庭寒，
把酒清欢后。

2015 年 9 月 22 日

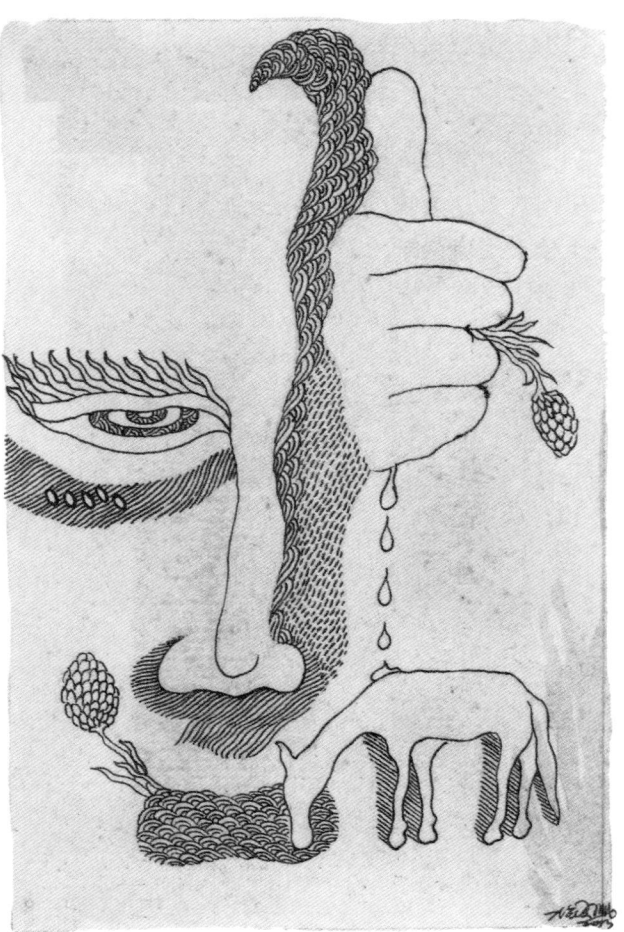

一江烟雨

一江烟雨幕帘垂,
千门灯火几人归。
玉楼长空琼色断,
飞鸿落尽楚天辉。

2015 年 7 月 5 日

误弄凉悲

夕雨寒声小,
水边浪头轻。
枝上沉烟香一缕,
新月待传情。

酒醉人不醉,
蝶去影帘飞。
误弄云弦换凉悲,
一场青春无悔。

2015 年 4 月 9 日

月夜倾诉

月夜三分瘦,
枯枝雪里埋。
暗香苦萧瑟,
凌寒独自开。
粉黛花间酒,
一夜又白头。
幽芳天地间,
傲骨尽风流。

2018 年 1 月 28 日

琵琶光阴

烟柳蒙蒙月满空,
西窗晚来风。
千里江波暮云平,
年华楚寒惊。

光阴逐水花依旧,
总有几分情。
念念萧萧心自清,
琵琶弦外,
漫天繁星。

2015 年 5 月 4 日

寒更酒

夜花飘零月,
日暮起离忧。
眷言人已远,
凄凄落西楼。

云生飞天境,
寒更一杯酒。
古道满别情,
寂寂风雨声。

2016年6月11日

花间梦

闲把春山雨,
夜色催更愁。
晚烟孤鸿涕,
暮云荡悠悠。
香闺掩旧疾,
花深凝月休。
一梦青林老,
人间又白头!

2018年6月4日

杜鹃啼

清月夜荒凉,
江如洗。
行舟千里凌波际,
芳草自凄凄。

烟雨愁山色,
醉是花间里。
浮生漫漫杜鹃啼,
万里残阳相思去,
已心相许。

2015 年 4 月 16 日

山月奈何天

江静潮初落,
山月此夜寒。
碧草沙鸥奈何天?
相思在花前。

卧病人事绝,
星河不堪渡。
孤蓬万里玉壶心,
没个安排处。

2016 年 5 月 22 日

春花思

月色春风飞,
西窗寂寞笙箫。
诗酒消遣夜寻芳,
谁在花间思量?

犹记去年元夜,
盈盈耳语暗香。
镜里眉黛小残妆,
回眸痴情郎。

2017 年 3 月 18 日

诉衷情

月夜倾诉诉衷肠,
一缕香,一点伤。
百转千回字千行,
蜜意浓情,
成对成双。

庭院深深深无续,
珠帘依旧,
今宵几许。
往事孤鸿落尘归,
一陌青门,
一纸憔悴。

2017年2月23日

暮晓云飞

楚天花影乱月眉,
飘零思暮晓云飞。
淡烟流水羞相见,
尘缘深处与君随。

卷帘笼,
画堂沉,
小楼春。
露痕香墨倚星辰,
琵琶旧语惜声去,
残阳经别芳草歇,
一番清秋节。

2015 年 8 月 3 日

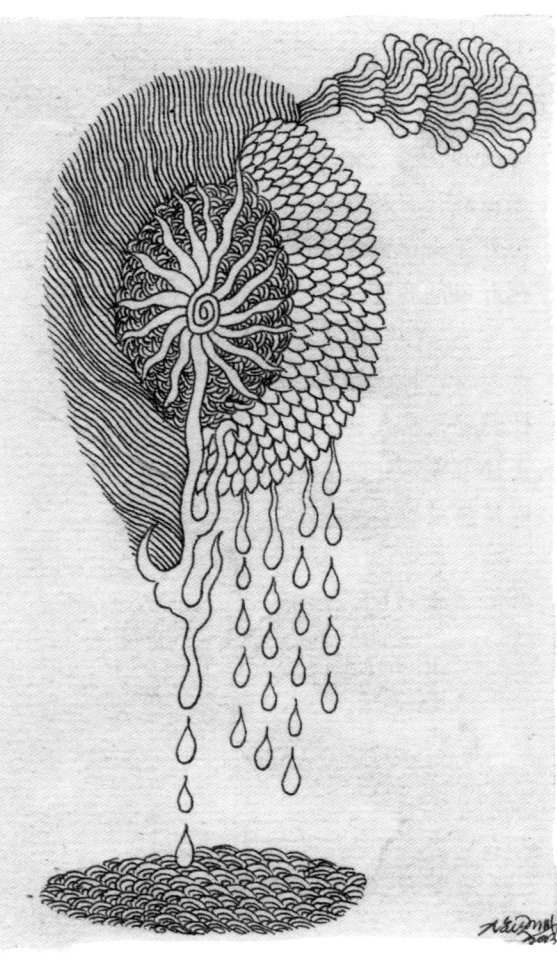

花开从容

晚风浓,暮云重。
烟孤鸿,月妆慵。
帘外江舟落霞空,
花开自从容。

天无言,地无声。
杜鹃啼,柳梢青。
王孙万象楚尘宫,
谁是真英雄?

2015 年 6 月 14 日

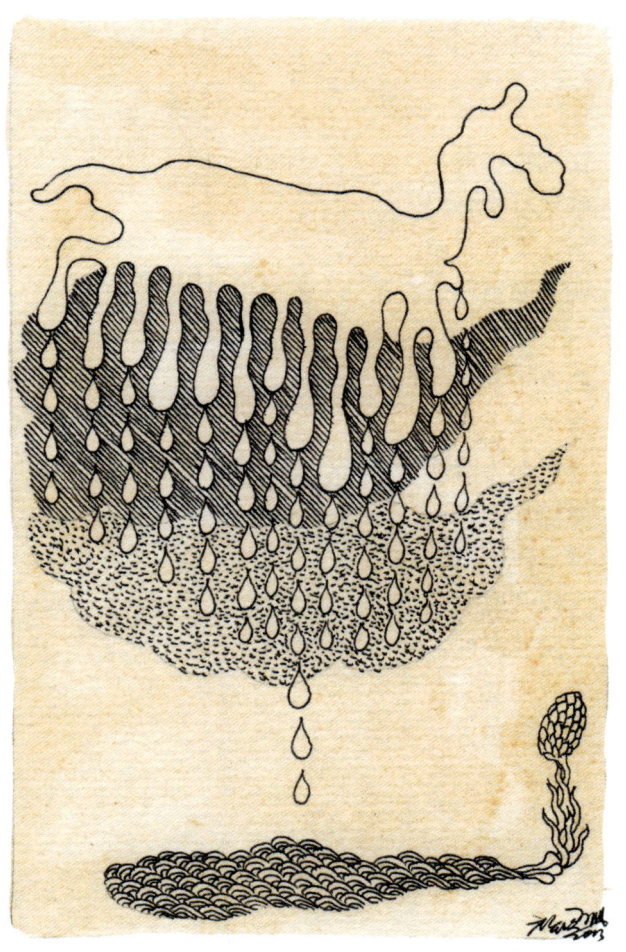

小窗柔情

江潮重帘幕,
临风小亭轩。
新夜莫惜欢颜,
明月隐锁秋烟。

心既远,
念流年,
今昔何为清欢?
卷疏影,
欲寒声,
夕雨几番明。
空阶花深处,
素妆旧隐,
别来无恙,
小窗柔情。

2015 年 10 月 13 日

画堂春山

月妆多情画堂升,
江水初映桃花浓。
点滴相思尽别后,
慵枕闲笔无忧。
知否?
知否?
把酒春山绽放,
一切好景从头。

2015 年 4 月 21 日

水墨人间

江水潇霜雾霭绵,
沙鸥烟渺舞天边。
风随今朝梅枝早,
空堤沧浪镜花缘。
人生如寄,
古往今来。
肝胆云舒,
往夕何叹。
念去去,
幽居深处,
水墨人间。

2015 年 11 月 18 日

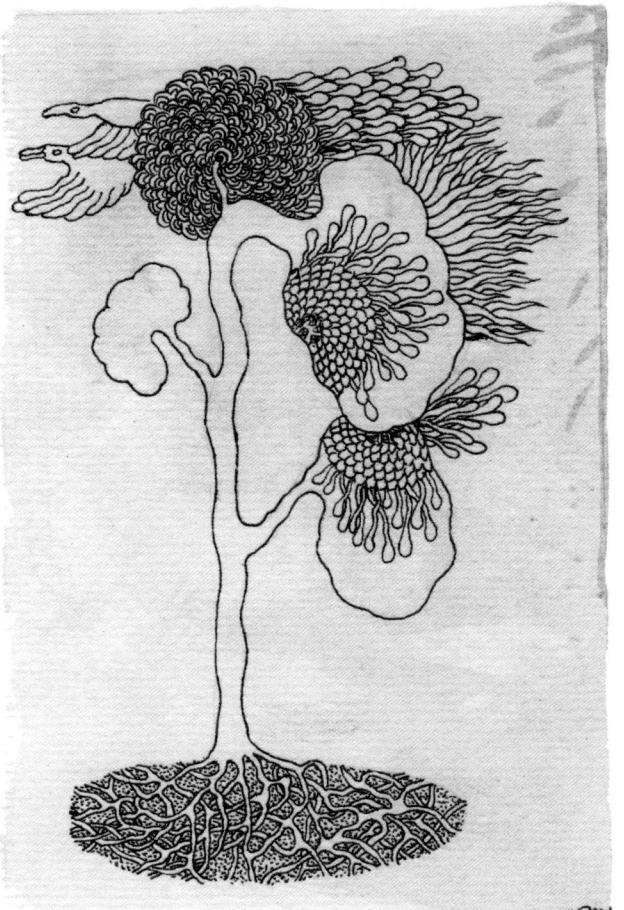

执手天涯

月沉香记催人老,
低声问断字千行。
闲寻是踪迹,
深院杜鹃啼。
银河宛转苍州发,
夕阳落尽旧庭花,
执手到天涯。

2015 年 6 月 29 日

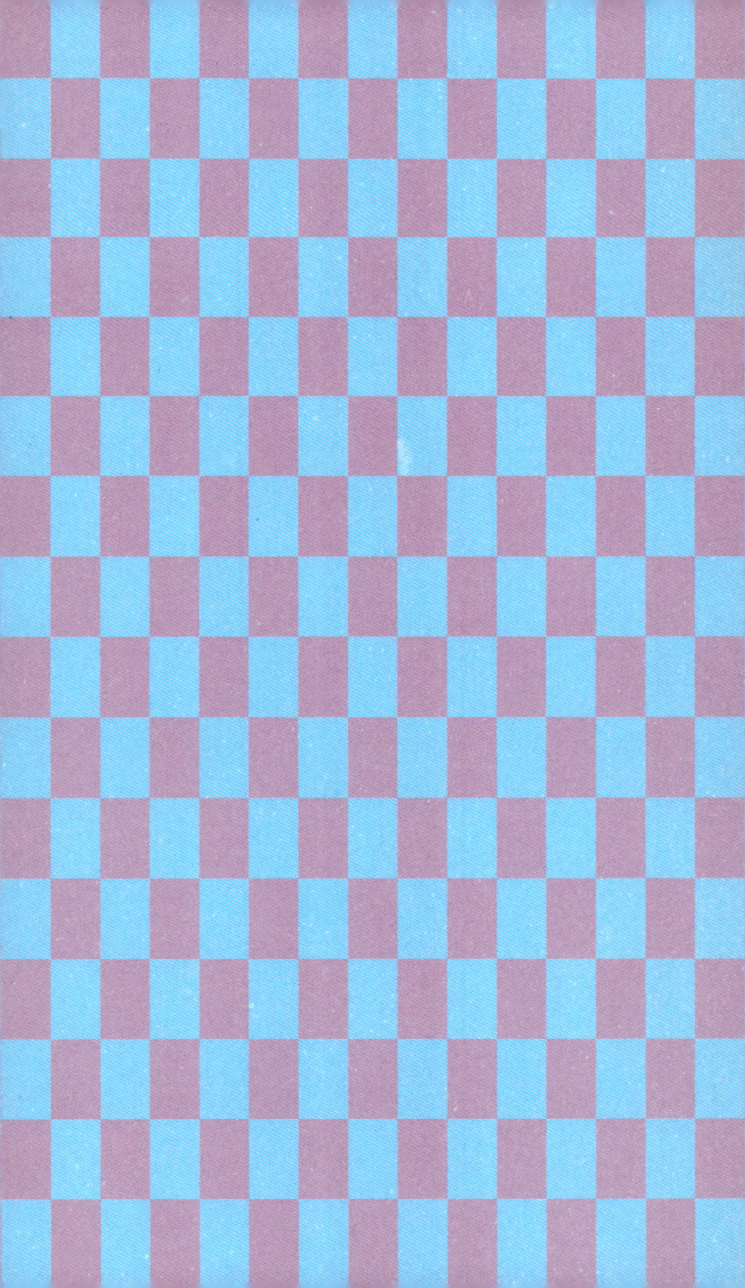

蝶恋花
现代诗

高菲 著

中国画报出版社·北京

高菲,杭州人。
喜欢艺术,从小接受家传的琴棋书画教育,后接受多年声乐和芭蕾舞训练,每日写诗,成为习惯。
喜爱古典诗词和现代诗歌,笔耕不辍。

真挚与最美的孤寂
——读高菲诗集《蝶恋花》

蔡劲松

诗作为语言的艺术,自古以来就是人类生命意识深处的精神性诉求,是最值得珍视的自由心灵的呼吸和文化的花朵。在当今"消费"特质遍存,充斥着浮躁、焦虑情绪的世界,人与人、人与物、人与自身之间的关系,变得脆弱、疑惑甚至粗暴,人们在虚拟、智能、快捷、复制、淘汰、更新……等无法预计的"变量"面前,紧张、兴奋而又茫然,深感力不从心,无所适从。"诗意地栖居"这一被古今中外共同体认的理想境界,如今看来多少有些"奢华",似乎暗自携带了一种强烈的文化情怀或臆想,正离我们的日常生活渐行渐远。

那么,现实中的人们,到底该有什么样的生活?今天还能不能找回人世间尤为可贵的诗性与诗意,重新温暖生命个体的纯真激情与人生道路?这些诘问,我在高菲即将面世的古体诗和现代诗合集《蝶恋花》里，找到了初步的答案。《蝶恋花》的特邀编辑和美编同时向我推荐这部诗集，并发来了全书的PDF设计版。在电脑上阅读高菲的诗作，我心生感念，不免回想起上个世纪八九十年代那段诗歌的黄金岁月，甚至一度幻觉：那些远去了的真挚与诗意，真的穿越了虚拟的网络和自媒体，伴随精神的身影与心灵的云雨，踏歌归来了么？

其实，当今诗坛一直是真假繁荣、潜流与泡沫并存。可贵的是，《蝶恋花》的作者高菲，似乎从未登临过所谓"诗坛"。从简洁的自我简介及自序中知道，生长在杭州的高菲，自幼研习琴棋书画和歌舞，写诗就是记日记，是一种坚持了三十年的习惯："诗歌这种凝练细腻而又优美温暖的文字记录方式，成为我的生活中不可或缺的一部分。"她出版这本诗集，亦是在被友人偶然发现后的鼓励和建议下，本着传递"美好能量"的意图，期望告诉更多的人"有诗歌相伴的生活是多么美好"。应该说，高菲的这种生活状态与生存模式选择，是值得很多人羡慕的，这是一种真正与诗相伴，让诗进入日常生活的自觉状态；亦是将生活过成诗意，让"万趣"融入诗之思的人生修为里。

无论是古体诗还是现代诗,高菲的"日记般"的写作都浸透着自然之美、简淡之美。高菲的诗画面感极强,她把自己的心投射到语言中,投射到个人情感和思维的叙事里,读者可从其诗句中寻得她即时的心绪和美的踪迹。她呈现的诗性画面,即便只是映照了自己一个人的情感与想象的世界,只是丰富和表达着自己的心路历程,但这种自在的传递已然成为她"诗感"的客观对象和存在,定会激起有心者内心的波澜。

先说高菲的古体诗词。集清新简朴之气,涵养心中美的节律,感悟天地、自然、人生、情感的交叠、融汇乃至激越、感伤,大致是高菲诗词的精要处。在她的诗意栖居世界里,尘世与春华、光阴与琴音、孤寂与恋情,都经过词牌、韵律的规制和一番细腻的洗涤,在审美的"移情"中体验和感知到构成诗词艺术具备的条件。从近处看,其诗词创作与写作者的生活和心理距离逐渐消融,使她能够清醒地"住在现实生活里";从远处看,她又渴望在诗性的构筑中得到精神的滋养与改造,进而以自己微弱的言辞证明哪怕是一朵小花、一片绿叶，也会唤醒深处的孤寂心灵，表达深层的真挚欲恋。

譬如《长相思·春华恋》：
叹红尘，恋红尘，萧索初华莫叙真，平添一段春。
来无痕，去无痕，静若般般欲断魂，谁添一扇门。

这是一首写于 1999 年岁末的词。词意很容易理解，但将"红尘"之叹与恋，于世纪交替、万象更替之际，从"萧索"的意象中牵引出"平添一段春"的论断，再以来去无痕的强调，烘托"欲断魂"的复杂景象或情感，结句关于"谁添一扇门"的追问，恰恰表达了诗人所欲传递的心灵感受：人生情感素静无华，天地岁月悠然不止，谁能悟到万物春华之内律与心机？

再看《乌夜啼·月落琴息》：
月坠西厢柳畔，梧桐哪处偷欢。几只莺鹊仍流浪，陋叶避风寒。
溪水清清淡淡，飞花点点缺残。谁人门外琴息叹，赶近是情关。

这一首写得清爽纯洁，情义绵绵，透出既安详恬静又淡淡伤怀的境界。无论月坠西厢还是莺鹊流浪，都在梧桐陋叶、溪水清淡中归于平静。但一句"飞花点点缺残"，道出了拨琴者的感怀与心绪，或小我之情，或大我之感，其实都无关紧要，词句间充盈的哲思，已升华到审美的层级与心灵的境界。

关于高菲的现代诗，通读过后，我以为乃是其个人"心史""情史"的注脚、印证与反映。整体上看，高菲的现代诗创作，像是一个人的喃喃自语，其人生履历即游走在诗的镜像中。她珍视人世间遇见的所有的情感，珍视遇见中的心灵自由与畅想，喜欢沉浸在自己的世界里寻梦、追梦、忆梦——所有这些，都基于她在生活中追求做回一个最本真的自我，这个自我的情感是丰富的，是有波澜的，有时还是矛盾的——她身陷其中，醉心于诗意的营造，在言行间，在意识里，她期盼能够深入美感，逼近美的内核，将美如实地映射到心里，把真挚和最美的孤寂写进诗句中，再把它投射出去，最终做成给自己"留念"的"时光诗"。

所以，尽管高菲的一些现代诗语言过于直白，诗性塑造不够"高深"，但并不妨碍其作品整体诗意带给读者的感动。或许是由于她自小研习琴棋书画之故,其诗作天然地有种行云流水的韵味,词语间充满美的旋律和节奏,呈显出个体生命的丰富与华美情感。

如她在《最美的孤寂》中写:
如果有一天你问我:/静默是否孤寂?/我会决然告诉你:/静默,是爱你最美的孤寂。

这样的情绪和对静默的独特理解,其实就像是把作者自己的心思镶嵌在一段青春的歌词里,将自己的主观放置在情绪的波澜之上,以心理对晤及至抽象,摄取孤寂的美的诗意。

在情诗《月的告白》中,她也写出了如下饱含个体生命哲思的诗句:
生命本就单纯。/在那庄严素裹下的似水流年,/细化了人生,/悲悯在流浪的渡口,/勾勒了每一处蓦然回首时,/那一层层清澈的胸怀。

事实上,高菲的现代诗,更多的是自己心路和情感历程的记录与表达。她的情诗写得真切自然而不做作,充盈空灵而不虚张。这些诗,既是写给她真实的感情的，更是写给她长久构筑的自由心灵与精神空间的——这就够了，作为诗的境界与功用，高菲在古体诗与现代诗的个体写作间穿梭往返，尝试着对自我孤寂灵魂的救赎，空明的简淡的诗心容纳着人性之真、心性之纯、诗性之美，喻示着当代人诗意栖居的可能。

蔡劲松
北京航空航天大学人文与社会科学高等研究院院长、教授、博士生导师，中国作家协会会员、中国美术家协会会员

自序

人对很多事情是天生有亲近感的。
我对诗歌就是这样。小时候刚识字时,家人给我看古诗词,我就觉得非常亲近、熟悉。
从照葫芦画瓢开始学着做诗,
直到现在,记日记都是用诗歌形式。
诗歌这种凝炼细腻而又优美温暖的文字记录方式,成为我的生活中不可或缺的一部分。

有人问我,诗歌在现代社会的应用很稀有了,你那么钟情于诗歌,不觉得写的时候拿腔拿调吗?
我说,不觉得啊,以诗喻志,以诗喻物,生活在我眼里都变得温馨美好。即使遇到不快,想起李白的豪迈诗歌,吟诵几句,立刻觉得身心通畅,满血复活。
因为有诗歌情结,让我的生活变得阳光美好。这种习惯也影响到我三岁的女儿,她也经常会学着妈妈吟诵几句。

前段时间,朋友偶然发现我写诗写了三十多年,很好奇地要看看。朋友读了我的诗，建议我：出诗集吧。告诉大家有诗歌相伴的生活是多么美好。和大家分享充满温馨的诗句，也是一种美好能量的传递。

当诗集出版变成现实时，因为是第一次，所以我惴惴不安地等待更多朋友的反馈，同时希望每位看到诗的朋友，能有心存美好的共鸣。

2018年7月于杭州

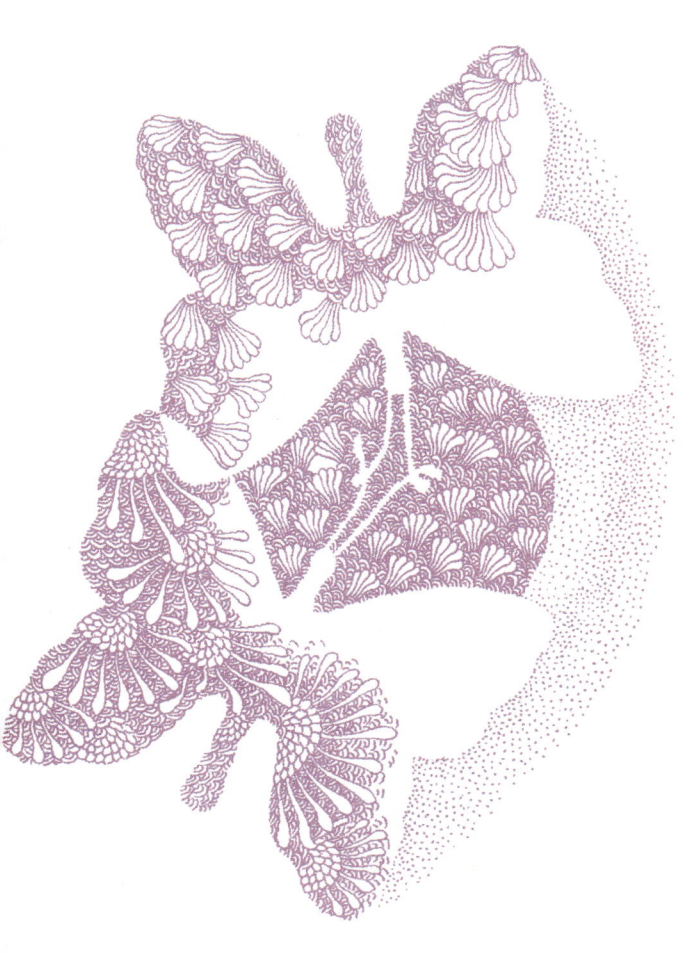

目录

真挚与最美的孤寂 / 7

自序 / 15

目录 / 19

供养光阴 / 25

懂 得 / 26

最美的孤寂 / 28

永远有多远 / 30

雾霾的许愿 / 32

简单爱 / 33

初春的甜蜜 / 34

痴情月下 / 36

小别的忧伤 / 38

清淡的沧桑 / 39

月的告白 / 40

泪眼 / 42

三字情 / 44

斑驳岁月 / 46

想说爱你不简单 / 47

温柔的等待 / 48

不期而遇 / 50

豪迈花开 / 52

宁静的痴 / 53

遇见三生三世 / 54

失落的花开 / 56

岁月的安排 / 58

孤寂沧浪 / 60

信仰的开始 / 61

慈净的希望 / 64

放肆的回忆 / 65

游子乡情 / 66

时空对话——追忆余光中先生 / 68

荒唐言 / 70

把心藏好 / 71

陪我轻狂 / 74

南飞的雁 / 76

寂寞哀愁 / 78

有你真好 / 80

雪花飘 / 81

假如爱有天意 / 82

红蔷薇 / 84

失落 / 86

早春的梦 / 87

柔软的月光 / 88

远方的清明 / 90

如果爱是一场修为 / 92

我的世界只有你 / 94

无处安放 / 96

流浪的夜 / 98

思念 / 100

一帘幽梦 / 101

一个人 / 102

伤着骄傲去飞 / 104

好想你 / 106

思量 / 108

纯净的信仰 / 110

孤独中的成熟 / 111

窗前人 / 113

在这漫天的星里爱你 / 114

月亮睡着了 / 116

我愿 / 119

缘分天空 / 120

寂寞人生 / 122

牵 手 / 124

孤枕难眠 / 126

归家 / 128

当你老了 / 130

相望来生 / 132

远方 / 134

偷来的悲伤 / 136

宁静与忧伤 / 138

有你而安 / 140

随心流浪 / 142

把你藏好 / 144

爱的伴侣 / 146

来生缘 / 148

一世尘埃 / 150

供养光阴

月,透着慌乱的雨,
躲在晚凉的春夜里,
浅浅的呼吸。
风,轻弹着思绪,
飘向远方,
窥探着天边零落的星。

倘若你是前世梦里的花,
在记忆的缺口里流浪。
可有谁,会寻着你的芳香轻狂?
倘若时间幽居在离别的孤单里,
蒙蔽着世俗的心,
柔软着蓦然的情怀。
可有谁,会寻着你的足迹等待?
倘若一切,走着走着就散了。
何不素简情常,寂守清欢。
依偎着岁月静好,
点缀天性,供养光阴。

2018 年 1 月 15 日

懂 得

月光,零零散散地轻弹着窗檐,
捉弄着我满怀的思念。
有时想来:有些人遇见,便值了。
有些人交往长久,却不受厚友。
然而爱情,偏偏是:
情不知所起,便一往而深。
缘不知所由,却无怨无悔。
人生之所以有意义,
是因为有一天终将停止。
爱情之所以刻骨铭心,
或许是因为有一天终将分离。
但是不管怎样,
因为懂得,所以无伤。

2018 年 1 月 15 日

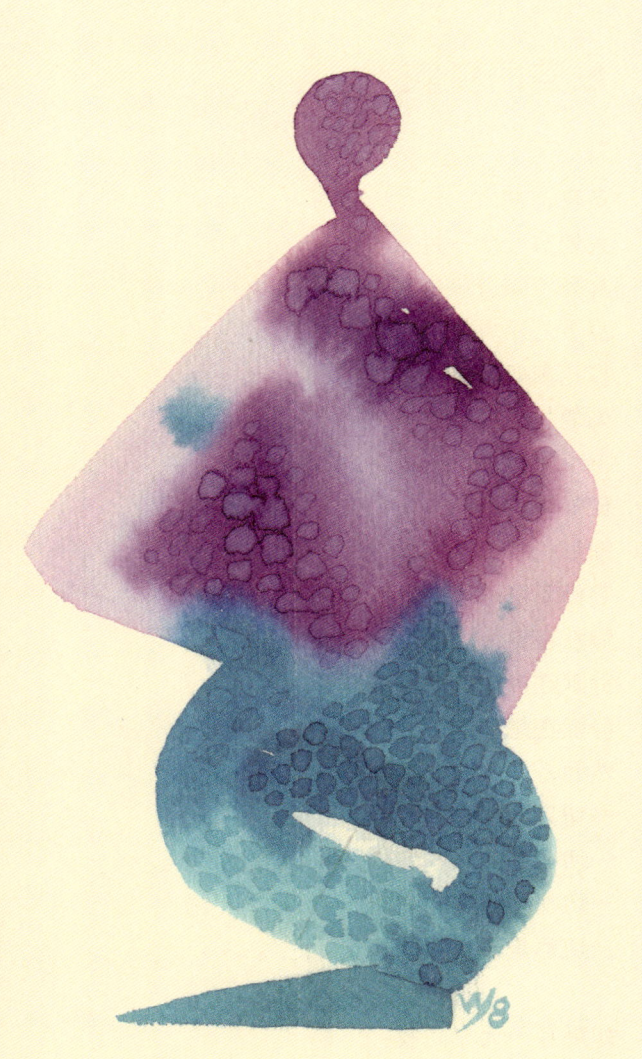

最美的孤寂

冬夜,初雪,
大地白茫茫一片。
月亮不知道躲去哪里偷懒。
留下几颗星儿,
如花影般轻拂江面,
如梦如幻……

窗外屋檐上,
细细长长的小雪堆。
它们不悲不喜地静默着:
静默在冬夜的回忆里;
静默在痴情的花季里;
静默在想你的、百毒不侵的世界里。
然而,
一切只因想你,
一切都是最好的安排,
一切都是最美的情绪,
一切都是最大的欢喜。

如果有一天你问我:

静默是否孤寂?
我会决然告诉你:
静默,是爱你最美的孤寂。

2018年1月26日

永远有多远

我问:永远有多远?
你说:永远并不重要。
我问:为什么?
你说:重要的是,珍惜的起点有多近。
我问:有多近?
你说:近到此刻而已。

2017 年 1 月 3 日

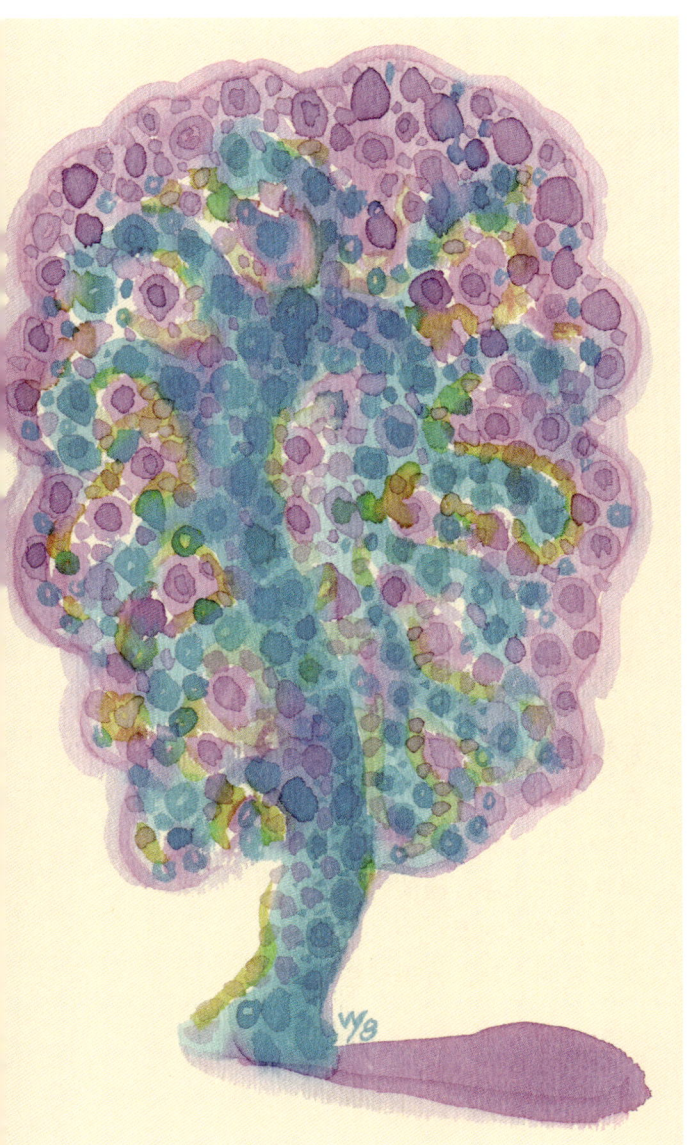

雾霾的许愿

看那晚晴的天,
花开的愿。
愿这雾霾笼罩的世界,
转瞬清朗一片。

在长长的生命里,哪一朵云属于你?
它可清澈透明?可白润无暇?
若或是没有,那或许该追寻吧。
追寻着不离不弃的蓦然,
怅望着最初和未来的梦。

那梦里,氧气缠绵着碧海蓝天,
在一呼一吸之间,
含着沁人心脾的青涩,
那纯纯的味道,淡淡的清新,
是你我许下的愿……
愿:月明心静,万里晴空。

2017 年 1 月 10 日

简单爱

又是一年新春,
又是一个青涩季节的开始。
我想悄悄地告诉你,
我依然愿意静静地守在你身边,
陪你发呆,陪你守望。
正如你愿意守着幼稚傻傻的我一样。

还记得那年初春的夜吗?
在那清朗的月色中,我是你的。
在那霄汉的星辰里,你是我的。
我曾答应过你,随你前行。
你曾承诺过我,陪我流浪。
你我就是这样简单,
简单到:我是你的未来,
你是我最初和最后的爱。

2017 年 1 月 30 日

初春的甜蜜

月光,静谧着……
静谧着一抹温柔,
呢喃在江面上,
轻弹着涟漪,
安抚着整个世界,
却拨弄着你我的心。

或许这世间所有的思绪,
都会在淡淡痴痴的百转千回里,
执着奔赴,而悄然守候。
正如这春。
追随着风的影,牵连着一片缠绵,
在这温存袭人的夜里,
迷醉着远山的梦,
狂放而凌乱地娇羞着。
或许这就是春,是初春。
是初春甜蜜的拥抱。

2017年2月5日

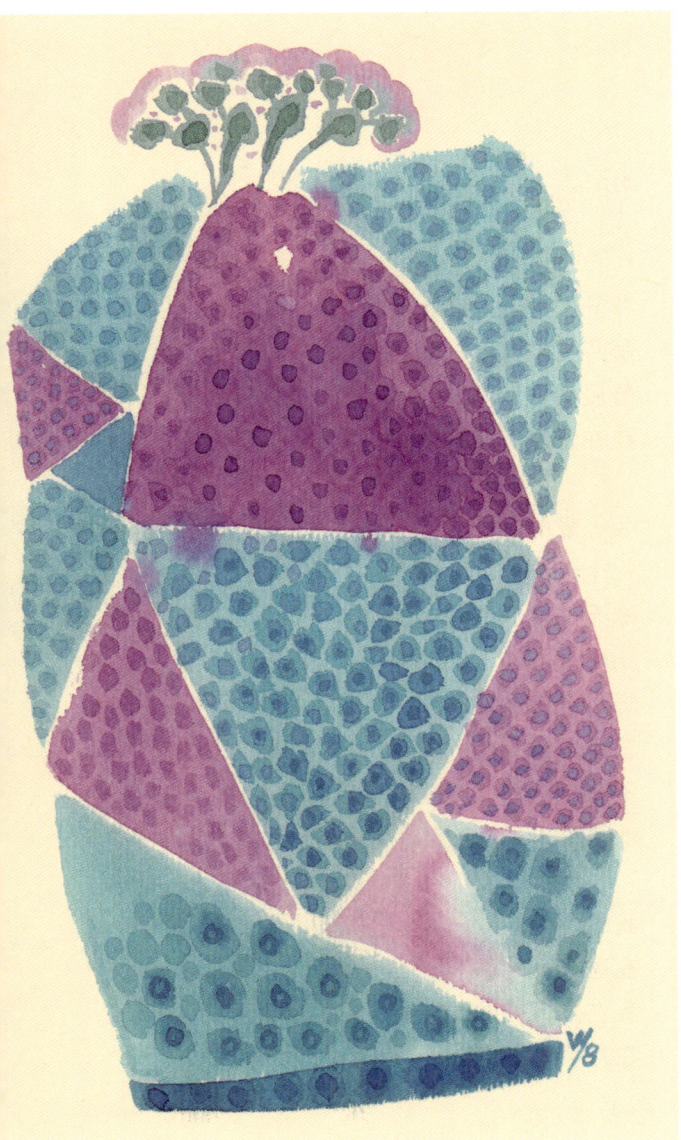

痴情月下

花开的季节,我在月下等你。
那月亮斜抹着一角孤寂,
舒展着一江水的温柔,
挂在星空,思念着远方的你。

我心爱的,
一个人的夜,
像无法解冻的湖。
湖中央,在记忆的梗上,
野百合痴情着。
它偷取了一夜的风,
不着痕迹地,吹着……吹着……
吹淡了影子,吹乱了静好一片。

我的心爱的,
在这花开的季节,
我在月下等你,
在月下,等你。

2017年2月7日

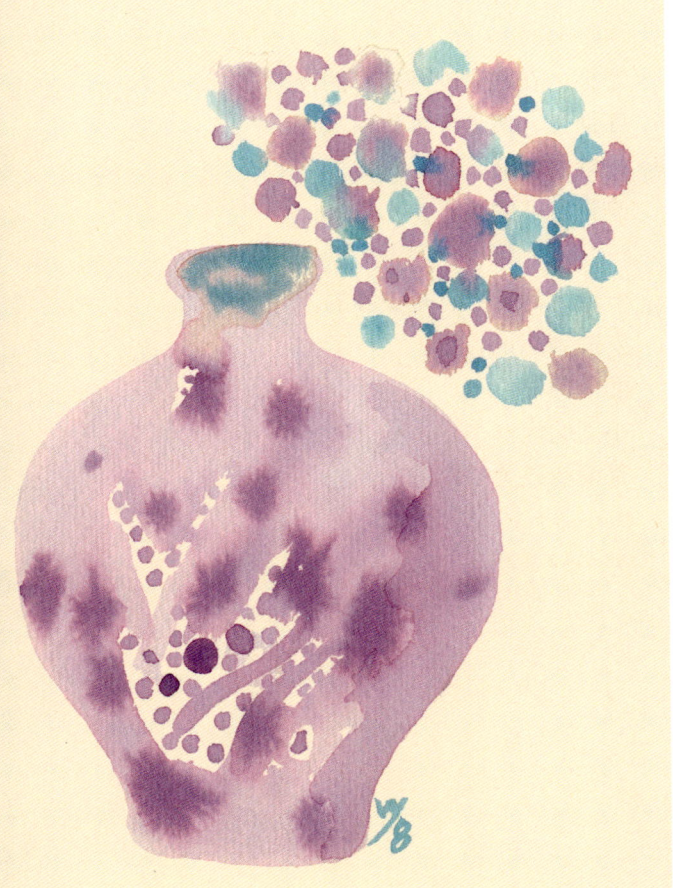

小别的忧伤

想你,在这个晚月初春的夜。
江面上,风孤零零地深沉着,
蜷缩的波浪,
忘记月亮的惆怅。

一个人的世界总是安静的,
安静到忘记心跳。
而你却说:
小别的忧伤,
是爱情最美的期望。

2017年2月21日

清淡的沧桑

夜,静了,静到没有底止。
风,散了,散到无懈可击。

这早春的二月,
邂逅着流浪的忧伤,
温柔而谦卑地揉进了绵延的月光,
燃着思念,无法挽回地凝望着……
凝望到底,是蓦然回首时的,
那一抹清淡的沧桑。

2017 年 2 月 27 日

月的告白

看这花开的季节,
它柔软而缠绵着初春的夜,
静好而谦卑地舒展着……
而你,就像这满江的月,
素写着我的心,
娇宠着窗外的星星。

想说:好久不见。
但不见,或是如常,
想说:舍得,舍不得。
但得舍,或是常道。

生命本就单纯。
在那庄严素裹下的似水流年,
细化了人生,
悲悯在流浪的渡口,
勾勒了每一处蓦然回首时,
那一层层清澈的胸怀。

然而,素慧随性,尘世随缘。

缘起缘灭间，忽明忽暗，
如潮水般此起彼伏。
可是，假如那一刻，
风，睡着了……
这漫长的夜，隔绝了四季的呼吸。
在那遥远的天边，
我将被全世界所忘记。

而我依然如初，
如初般爱你。
因为我知道：
守在我身后的，永远都是你。

2017 年 3 月 5 日

泪眼

思念如斜阳,
凝望着春天的忧伤。
风在远方,
呼唤着花开的声响。
那声音带着些许疑惑,
挂在月落的堤上。
今夕是何年?何年如今夕?

在这寂静的夜里,
岁月虚空,缠绵的情,
山中苍老的梦。
那颗孤傲的心,
带着长空万丈的青影,
流失着一点一滴的思念,
伴着檀香一片,眷恋在窗前,
轻轻地想,轻轻地望……
望着星辰,望着思念,
望着你我含泪的眼。

2017 年 4 月 27 日

三字情

雨停了,风淡了。
花开了,月近了。
你来了,心安了。
我笑了,春艳了。

2017 年 4 月 28 日

斑驳岁月

你可知,我喜欢海的声音,
因为它藏着我的记忆。
此刻,一轮满月静静的,
它在浩瀚的星空里流浪,
守护着漂泊穷尽的忧伤。
然而,岁月斑驳了花季。

那就挥手离别吧。
带着一段静默的时光,
带着生命里最谦卑的柔软与单纯,
在这即将到来的夜色中,
凝望生命,膜拜光明。

2017 年 5 月 10 日

想说爱你不简单

夜,江白、星淡……
窗外,在月的另一边,
丰满着我温软的思念。
渐渐地,思念开了花,
悄悄地,绵延在乳白色的纱帐下,
含羞着静默一片,
舒展着稚气而婉约的爱。

想说爱你不简单。
它摧毁了我灵魂的坚持。
消磨着时光,傲慢且从容地,
将我揉进你赤子的心房。
这一切只因:我爱你。
爱你坚毅的笑,爱你坦荡的情,
还有那颗与世无争的、纯净的心。

2017 年 5 月 20 日

温柔的等待

静静的晚月,
我期待着你,
期待着你那一段温暖的诗意。
天边,岁月,遗憾。
或许它迷惑了双眼,
曲折了胸怀,
却渐渐地清明了你我的心。

然而,心亦随性,随性亦孤独。
但孤独并非只是孤独。
还有静默在生命里的那一场,
温柔的等待。

2017 年 5 月 31 日

不期而遇

今夜外滩,思念青涩的星,
散落满地的情。
要知道,那些沧桑的日月与流年,
总是在静悄悄地老去。
相聚与别离总是会不期而遇。
然而,星空久远。
一切交往都是初逢,
一切往事都在梦中 ……

2017 年 6 月 4 日

豪迈花开

夜,在山间缓缓地流浪。
它灵巧地雕刻着婉月,
却又在梦一般的黑夜里迷茫,
空虚,青涩的思念,
隐没在等待的沉寂里,
深得没了底。

你可知,时间在身后落了一地。
蓦然地一瞬,深锁着失落的心。
好想再野蛮一些。
带着浮云的忧伤,
在痴情的风里留痕,
烂漫,哭泣,
随你花开,随你豪迈。

2017 年 7 月 21 日

宁静的痴

盛夏的夜,
四处游走、放热的天。
总觉得在这样的夜里,
那繁盛的枝叶下,
潜伏着初秋的情绪。
青涩而痴然地缓缓走来。
喜欢这痴。
正如喜欢这一江水的温柔。
它隔绝了世外的尘埃,
搁浅了嘈杂而滞倦的残骸。
随着远山上那一轮新月,
一如既往地宁静。
然而宁静到底,
是那如幻似梦的一抹云烟……

2017 年 7 月 28 日

遇见三生三世

午后,柔韧的阳光弹落在林间,
熙攘,小路上,
迷离了秋的眼,
松软得没了方向。
好想就这样停留着。
随着漫山的寂静与安然,
花影慵懒,
封锁住千万缕的轻狂,
忘掉曾有的世界,停留着。

或是,放弃一世的青春,
将整个生命的美丽,
赋予那婵娟清白的月。
只为遇见你、遇见爱、遇见思念。

人生几番际遇,
看这翻飞的日子,
平淡,邂逅,温存,
泛着涟漪一卷而去,
却又痒痒的欢心。

然而,谁又曾抽离过沧桑?
抽离过现实的残缺?
但无惧,只因有你。
有你牵手,有你疼惜;
有你相伴,有你相依。
愿三生三世,续彼此唯一。

2017 年 8 月 14 日

失落的花开

用什么来点缀这如洗的夜。
一江秋水？一抹新月？
还是一次失落在外的花开？

假如生命是一场修行，
我愿是凋零下的一点红。
在夕阳下，
绵延着最后的一点香，
那香只为你。
为你相思，为你留恋。
留恋生命，慈悲人生。

2017 年 9 月 10 日

岁月的安排

星空,野菊花的温柔,
在这个梨花带雨的夜。
婵娟,渐渐地爬满了窗櫺,
趁着孤独,惺忪了流年的双眼,
一座城的心扉。
记忆,褪却了繁华,
淡水青烟的烙印苏醒。
然而,时光安然。
人生的起伏有致,何曾被主宰?
唯有遇见,
才是岁月最好的安排。

2017 年 10 月 18 日

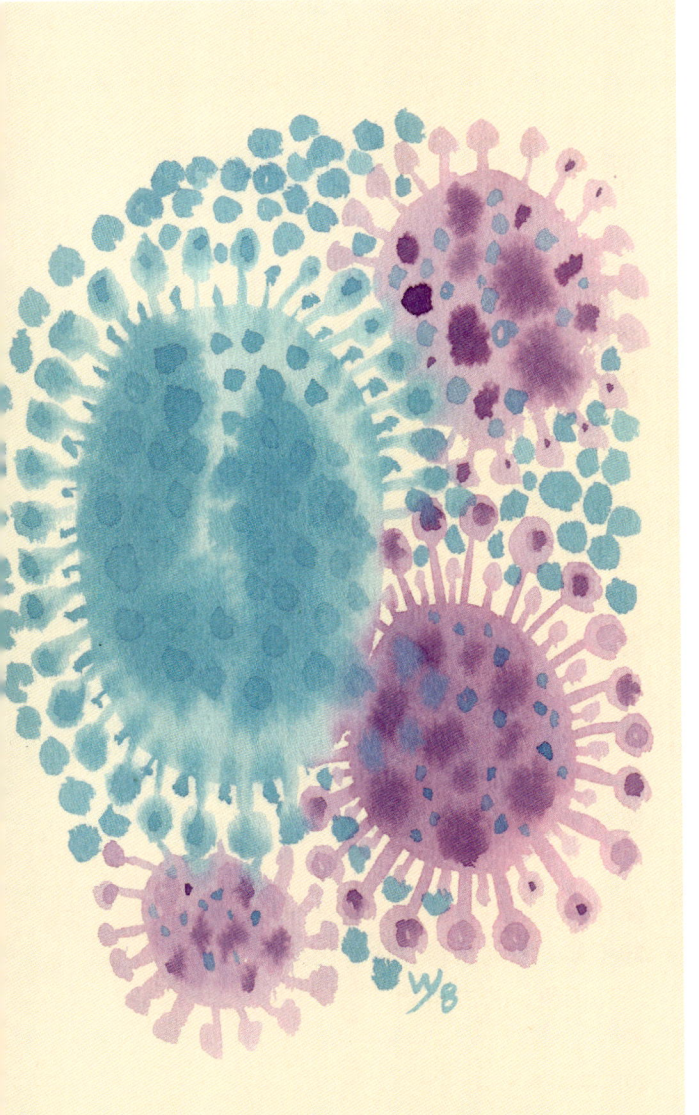

孤寂沧浪

港岛的夜,
丝丝缕缕地蔓延着,
如是这般的简单,
如是这般的清朗。

天上的辰星,懒懒地眨着眼。
对于世间的一切,莫名地感叹着。
或许每一天的出场,都是过往。
每一次的交集,
都带着悱恻的惆怅。
在未知的世界里,
无辜的命题驱使着本原的悲悯,
蕴含着心中孤寂的沧浪。

原以为:独钓寒江雪,自是一种风雅。
却不知:一切舍得,皆有因果;
一切因果,皆有希望。

2017 年 10 月 31 日

信仰的开始

亲爱的宝贝,看那西窗外,
一轮晚月静静地安睡着。
月光一半倾洒在窗边,
一半柔软着你憨甜的笑脸。
世界如此辽阔,
唯有你,安放着我难耐的心。
让这岁月蹉跎,
清淡着心境,逆袭了青春。

亲爱的宝贝,你可知?
每次拥你入怀,
总会被那一阵阵悄然袭来的暖意打湿心扉。
或许因你太柔软,抑或是我太多情。
亲爱的宝贝,此世有你,
不知是我要保护你,
还是你来这一世,要渡化于我。

一花一世界，一叶一菩提。
原以为，修行是一种信仰。
却发现有了你，才是我信仰的开始。

2017 年 11 月 12 日

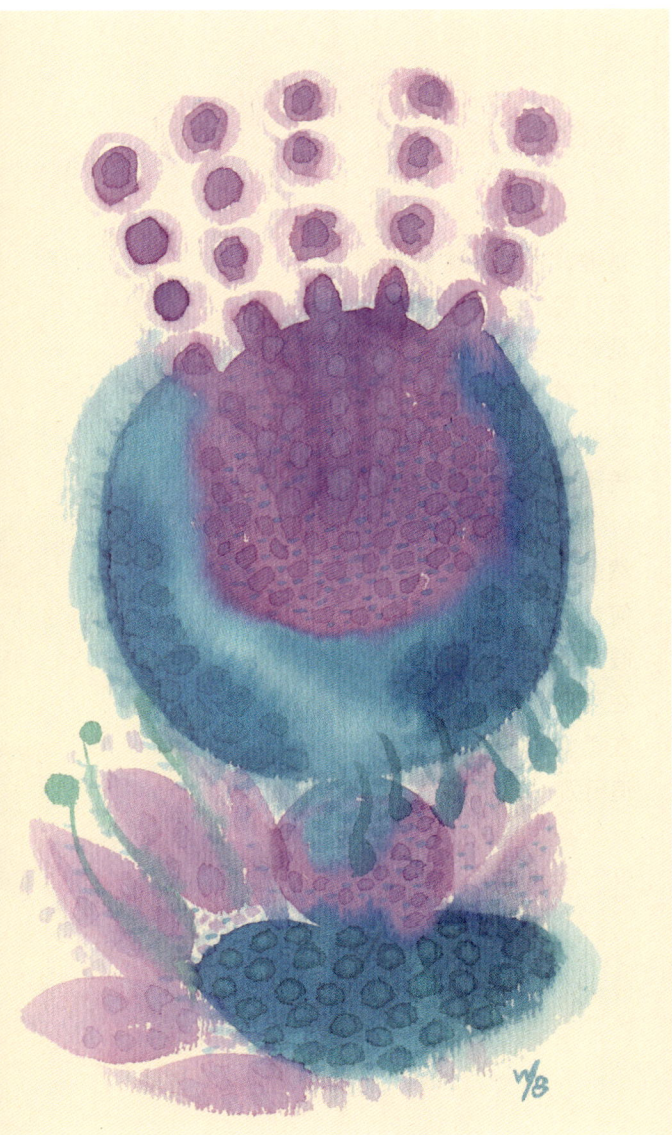

慈净的希望

是谁,在这迷惘的星空下,
落花般的偷走了冬的寂寞?
是谁,在这山峰江影之巅,
苍老着月色,颠覆了孤独?
又是谁,在这孤独中,
浅薄着命运,贻笑了尘埃?

然而,那情愿化成遍野的孤独,
何曾被封锁?又何曾被辜负?
假如,人生可以选择,我宁愿是一朵花。
在现世澄清的一角厮守黄昏,
在柔软流苏的晚霞中,
追寻那一抹慈净的希望。

2017 年 11 月 20 日

放肆的回忆

似乎一切放肆的回忆,
都会在青涩的夜里升起。
这夜,拥着梨花带雨的世界,
一片片清素的烙印,
带着你我恋念的风景,
缠绵着海底深锁的梦。
思念,就是这样吧……
或许清冷,或许淡默;
或是想着你的模样,
却忘记了冬夜的寒窗。
但,江水悠然,婵娟依旧,星月情长……

2017 年 12 月 3 日

游子乡情

冬日的黄昏,
悠散着淡淡的憔悴,
轻弹着寂寞的慵懒,
流浪,年华,
思暮着笑魇之外的云天。

人生久长……
每一次相聚,每一次相惜;
每一次出发,每一次到达。
谁能抹去记忆的冷暖?
谁能拒绝褪色的沧桑?

站在街角的咖啡店,
那古老岁月雕刻的痕迹,
墙角残缺的烙印斑驳,
坠落了一地别离的光阴。
或许一切太匆忙,或许世界太慌张。
但唯有你,伴我心安,拥我怒放。
我爱你:我的祖国,我的故乡。

2017年12月6日

时空对话——追忆余光中先生

夜,追忆着《乡愁》,
错过漫天的星。
我在窗前,您在天边。
月,遗憾了青涩的梦,
柔软了曾经的诗。
您在天上,我在人间。
或许世间,
唯有离别最伤,
唯有孤独最累,
唯有思念最忙。

2017 年 12 月 16 日

荒唐言

斜阳含草,凝月烟眉,
娴静西窗似水。
人生斯世,天上人间,
良辰美景无为。
画梁沉香,庭深夜长,
青灯古佛惜妆。
古今一梦,满纸荒唐,
付与红袖韶光。

2017 年 12 月 28 日

把心藏好

我愿是满山怒放的腊梅,
只为拥有这一个冬季的青春。
青春回眸,
芬芳着湿润的夜,
追随着夜里清爽的风,
轻抚着你的脸,
温暖着星空下,
郁绿一片,
只为映衬那一闪而过的黎明。

我愿是一匹脱缰的骏马,
驰骋在辽阔的草原。
草原上真挚的忧伤,
终老,纠缠,纠缠如雨下,
回首夕阳逝,
或许岁月逐渐苍老,
发上的风霜不再辉煌。

但是,古旧旖旎的波涛,
赤裸着深潭的梦,

夜来香恬静如初般彷徨。
或许彷徨只为那彷徨。

倒不如把心藏好,
藏在澄澈的月光下,
藏在无字的日记中。
在暮色来临之际,
在闲情交付之间,
把心藏好,为爱守航。

2016 年 1 月 18 日

陪我轻狂

问世间情为何物,
直叫人生死相许。
你比大雁好,
你还记得吗?

一个冬夜,垂着纱,
寒星浮溢,一片静,
我在静里远行。

然而远方,
一半失落在梦外,
零落着尘埃,
辗转着花开。

记得曾说:喜欢大雁来去一重影;
记得曾说:你比大雁好,深沉且凝定。
然而,云淡风轻,寒窗无名。
轻视着悲思,
婀娜着禅寂,
悄然低覆生息。

生命的恒定,
应和着凉生霄汉。
此去,经年,鸿雁,天边,
休去思量,年少无知见锋芒。
酒尽肝胆,大梦愁肠,
千古风流与谁伤?
烟雨醉残阳。

一个冬夜,圈着你,
画着梦,陪我轻狂。

2016 年 1 月 20 日

南飞的雁

这漫天的风雪,
似与冬告别。
它迷醉了双眼,
昏迷着整个世界。
是我多心,以为这世界是我的。
而你却说,那只是风雪,
只是刹那的世界。

想必有点遗憾吧,
遗憾这风雪太匆匆,
来不及回味,便随缘即逝。
或许明日依然风雪,
但昨日的,已是昨日。
它温柔地沉寂在星辰里,
是天上最璀璨的那颗星。
无畏,不惧。
而我,只是一只南飞的雁,
在铺满油彩的春天里,与梦同行。

2016 年 1 月 23 日

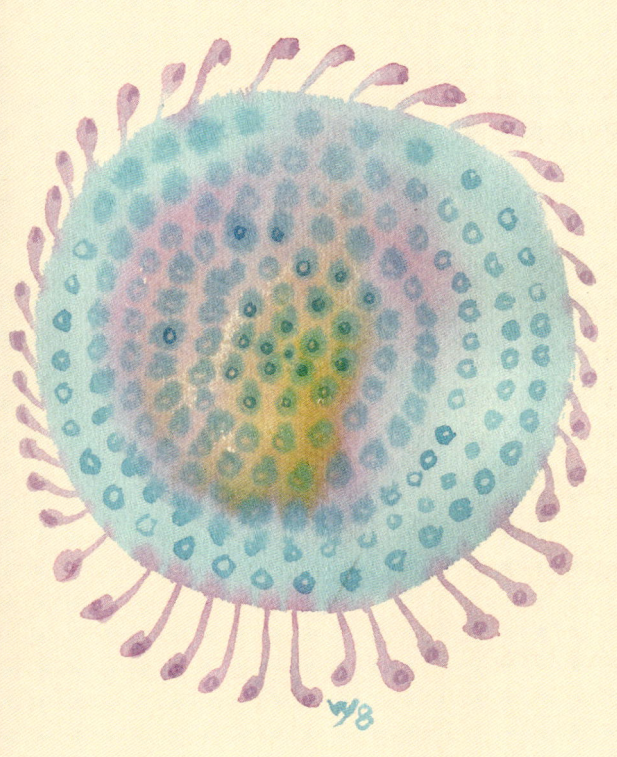

寂寞哀愁

我想你,在这个百孔千疮的夜,
窗外的风彪悍、清冽,江水似墨染无边。
天上无月的星辰,却和我一样,
和我一样的诉说着对你的思念。

我在帘下,今晚好冷,身上的温度,
偷偷地溜走了,而我却全然不知。
只是一阵阵酸痛。
别说寂寞,寂寞是花谢的哀愁。
暮色是岁月的忧伤。
而我,我是你的眼,
你是我的希望。

2016年1月26日

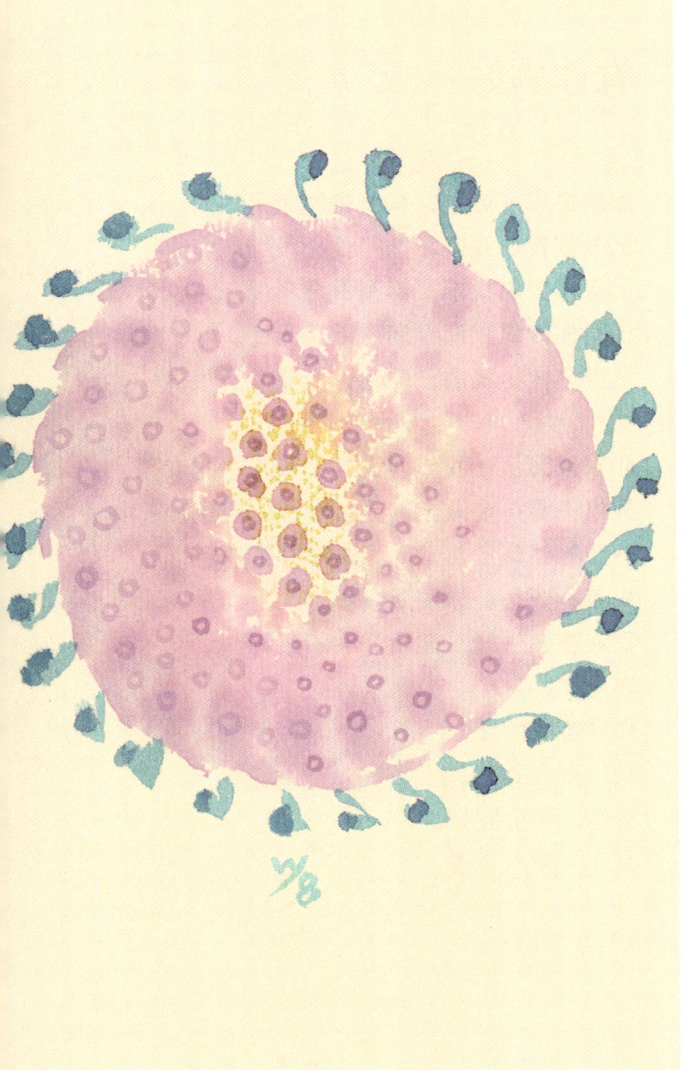

有你真好

如果你忘了苏醒,那我宁愿闭上眼睛。
记得你曾说我傻,傻得没心没肺。
记得你曾说我笨,笨到百毒不侵。
记得你曾说我痴,痴得无怨无悔。
记得你曾说我倔,倔到让人又爱又恨。

你曾许愿:让我成为世界上最幸福的女孩。
我也许愿:要做全世界最听话的宝贝。
一切的顺其自然,无尽的心甘情愿。
我若不开心,你便万般小心。
我若惹你生气,你便低头不语。
你可知,
你纵容我的坏,
我珍藏你的心。
有你,便会安好;
有你,便有青春。

2016年1月27日

雪花飘

窗外,星辰记忆着昨天。
北海道,飘着雪,
一片一片软软地飞, 凌乱似爱人的吻。
我想说:我想你,我的亲爱的。
虽然你在我身边,但是我依然想你。
因为一切最美的瞬间,会停留在昨天。
它一次次地千万遍地
重复着、重复着、重复着……
在有意无意间,
生资的顾盼含着笑,
让人幻化在春天里。
但是,你却对我说:
我原本就属于你,
经年后,依然属于你,
我只属于你……

北海道,飘着雪,
一片一片,
软软地飞,软软地飞……

2016 年 1 月 3 日

假如爱有天意

走进这夜晚,
柔情蜜意的月,
幽素,春的恋情。
亲爱的,拿去吧。
把我的心,一颗炙热柔软的心,拿去吧。
将它揉进梦里,
随你到世界的尽头,
在这将暮未暮的人生中,
将爱情展览,用缠绵留念……
亲爱的,将暮未暮,多尴尬的词。
但是我爱的,你亦爱,对吗?

假如爱有天意,
我愿意来生来世,
依然陪你看海。
亲爱的,
我若是浪花,你便是我的海。

2016 年 2 月 25 日

红蔷薇

有一朵红蔷薇,
在林外的山坡上,
守着夜,听着风,
望着漫天的繁星,
好寂静,好寂静。

寂静是心灵的眼睛,
它诗一般地记下了你的温柔。
悬挂在拖着影子的月光里,
随着萤火虫,寻着你的方向,
跳跃着小情绪,迸出千万颗,
迸出千万颗我爱你的心。
只因它是一朵黑夜里的红蔷薇。
它在林外的山坡上,
守着夜,听着风,
望着漫天的繁星,
好寂静、好寂静……

2016年2月28日

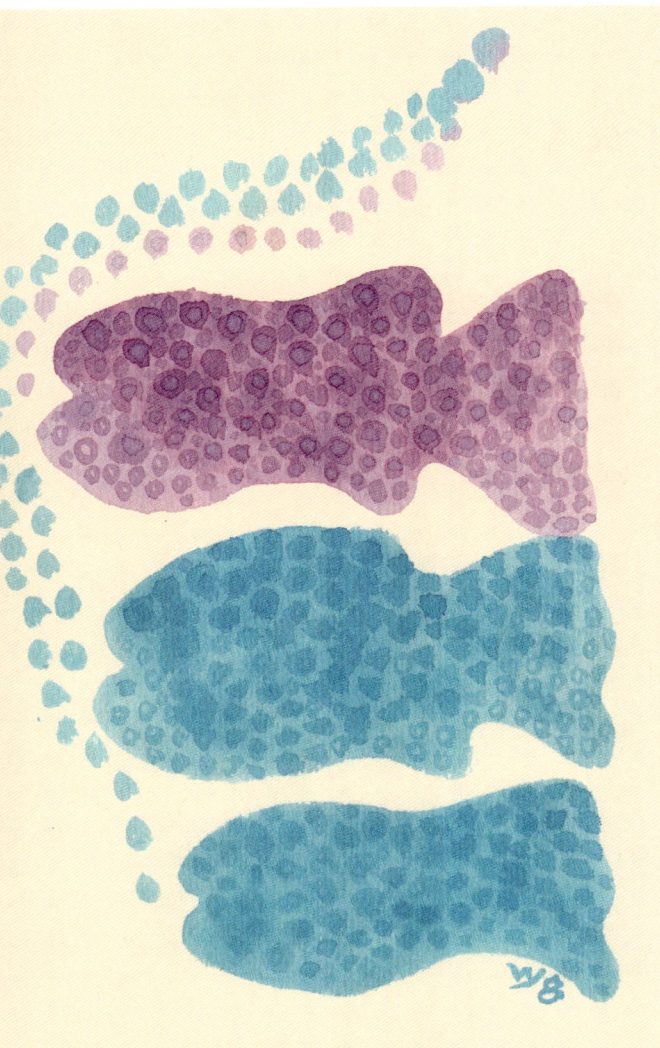

失落

失落的缘分,
在失落以外的天空失落着……
找不到方向,
看不清远方……

2018 年 8 月 2 日

早春的梦

小窗幽静的夜,
一抹月色温暖着星。
看,这世间的悲苦,
在不可触碰的光阴里,
嵌入了谁的影子?
将这青涩的黑夜,
柔软成纯真一片。

是你、是你、是你。
在最深的角落里,
守护着羞涩的花,
温暖着早春的梦。

2016年3月25日

柔软的月光

窗外,月光,柔软一片。
你在听吗?那一支熟悉的曲子。
在这青涩的夜里,
流浪,思念,
呵护着那一份缘。

天外,星空,广阔一片。
你在看吗?远方那颗最小的星,
在这青涩的夜里,
眷恋,情怀,
甜蜜,含羞的愿。

2016 年 3 月 29 日

远方的清明

清明,黯淡了月光。
小窗下,
夜凉如水,旧疾如风。
思而念,寂而枯。
聚欢离散,恍如一梦。

然而,梦在远方。
它使苍劲的灵魂谦卑,
在朝暮中,温暖着哭泣的人。
让那一颗颗蹉跎的心,
在开满樱花的记忆里,
忧伤含苞,希望成熟。

清明,黯淡了,
黯淡了月光。

2016 年 4 月 1 日

如果爱是一场修为

如果爱是一场修为,
那我宁愿用尽一生去修一个愿:
愿你我一世情长。

亲爱的,你看,
窗外那一抹星,藏在月光里。
月光,多情,多情地拥着你,
拥着你那柔软坚毅的心,
随着我一起流浪。
流浪是顾盼的希望,
然而希望,就在远方。

如果爱是一场修为,
那我宁愿用尽一生,去修一个愿:
愿你我一世情长。

2016年4月9日

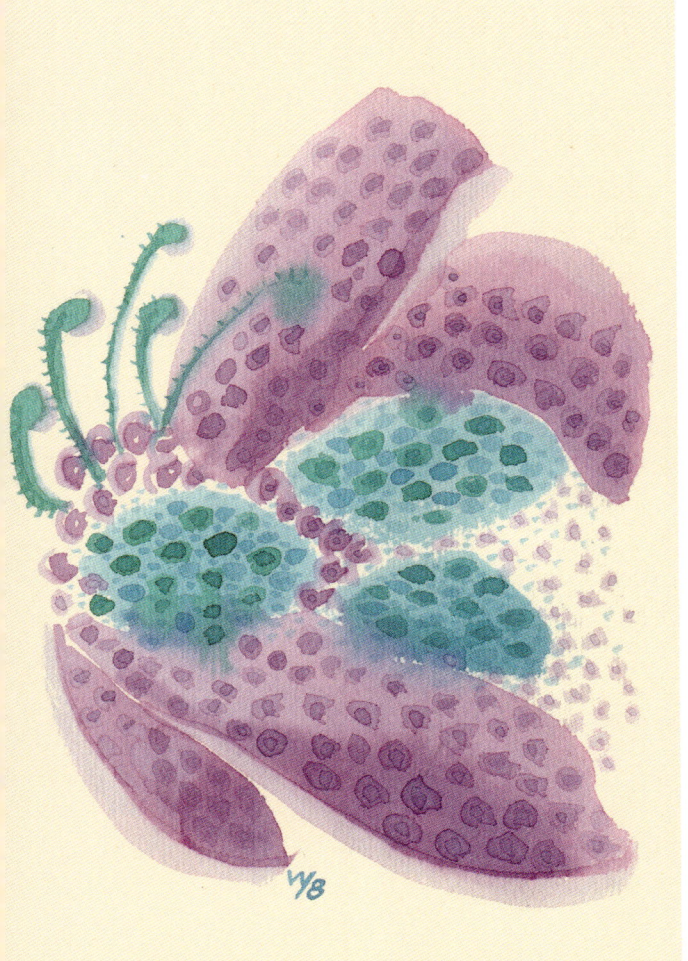

我的世界只有你

亲爱的,不管你在哪里,
我都要去见你,
因为我爱你。
亲爱的,不管你在哪里,
我总是想着你,
因为我离不开你。
亲爱的,不管你在哪里,
我都要守着你,
因为我的世界只有你。

2016 年 4 月 14 日

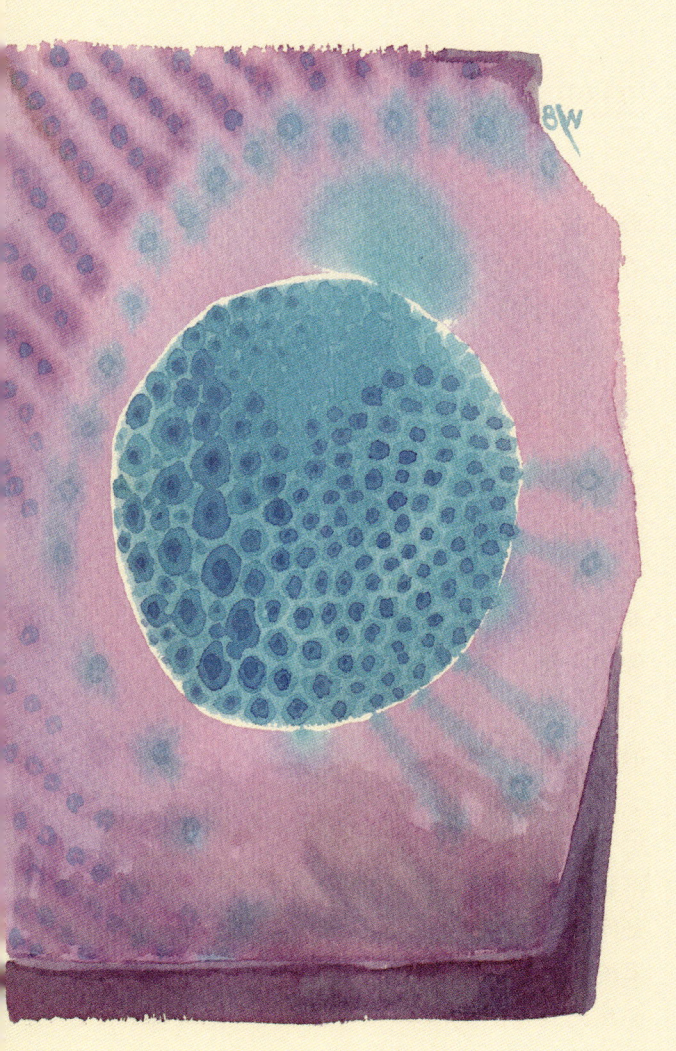

无处安放

昨夜的雨像失魂的幽灵,
在弥漫着紫罗兰芬芳的大地上,
倾诉着古墓的忧伤。
转眼忧伤到底,
是天那边漆黑一片的空荡。

记得在穷瘠的街巷,
虚惘黯淡的月光,
全部思绪,
淹没着稀落的星辰,
像一个迷,萧索、无际的海洋,
如同儿时的梦,
浪漫、新鲜的迷茫。

记得在那困寂的远方,
牢骚愤懑的街灯,
疑问春天的荒唐,
溪流的坦荡失落,
在荒废的麦田里,
倦意颓败,

忐忑,翡冷翠的金黄。

今夜,雨依然疯狂。
看似非黑即白的夜晚,
却也难逃时间的惆怅。
随即,这惆怅悬挂着腼腆的凄厉,
摇曳了思念,在绵长的稚气中,
摧毁了花间的吻,
鲜艳了凌乱的青春。
然而凌乱,或许是深沉的。
然而深沉,或许太匆匆。
亦是这匆匆独与天地精神已往来?
然而,混沌之初的一切,
却在天地之间无处安放,无处安放……

2016 年 4 月 26 日

流浪的夜

我想你,在这流浪的夜。
我的亲爱的,你可知?
心没底止的思念,
就像是没有着落的黄昏,
散尽了满地的温柔,
在下弦月的孤单里,
挽留着沉默的星,
均匀一片的静,一片的静……

2016 年 5 月 5 日

思念

夜,雨夜。一半失落在窗外,
一半凝定了一丝深沉,
吸附了淡淡的寂寞,
透彻了远山的风。
那悄然带去的思念,
使一地的月光柔软,
在满园春色的叹息中,
纷飞着你的影子,
可是,你知道吗?亲爱的人……

你可知道,在这漫天星辰的期盼里,
在那寻觅不断的流浪中,
一切的风轻云淡,
都逃不过思念的凌乱。
然而,思念,
是你给我的最美的人生。

2016 年 5 月 7 日

一帘幽梦

如果星儿会说话,我想说:谢谢。
如果月儿会说话,我想说:幸福。
如果花儿会说话,我想说:幸运。
如果心儿会说话,我想说:
夜有一帘幽梦,不信人间白头。

2016 年 5 月 10 日

一个人

若能像亲人一样,该多好。
在这个下弦月的夜,
带着儿时的影,
私语着甜蜜的梦,
在最深沉的记忆里,
融化了冰冷的痕迹,
过往了彷徨的青春。

也许这一切,
将在不久,转瞬即逝。
也许这一切,
将在思绪的凌乱中,
静默了一方痴情。

在舒展着温存的角落里,
伴着袭人的香,
望着你的眼睛,幸福的笑。
也许这一切,
只是一个人的世界。
只是一个人的,聚散离别。

2016 年 5 月 11 日

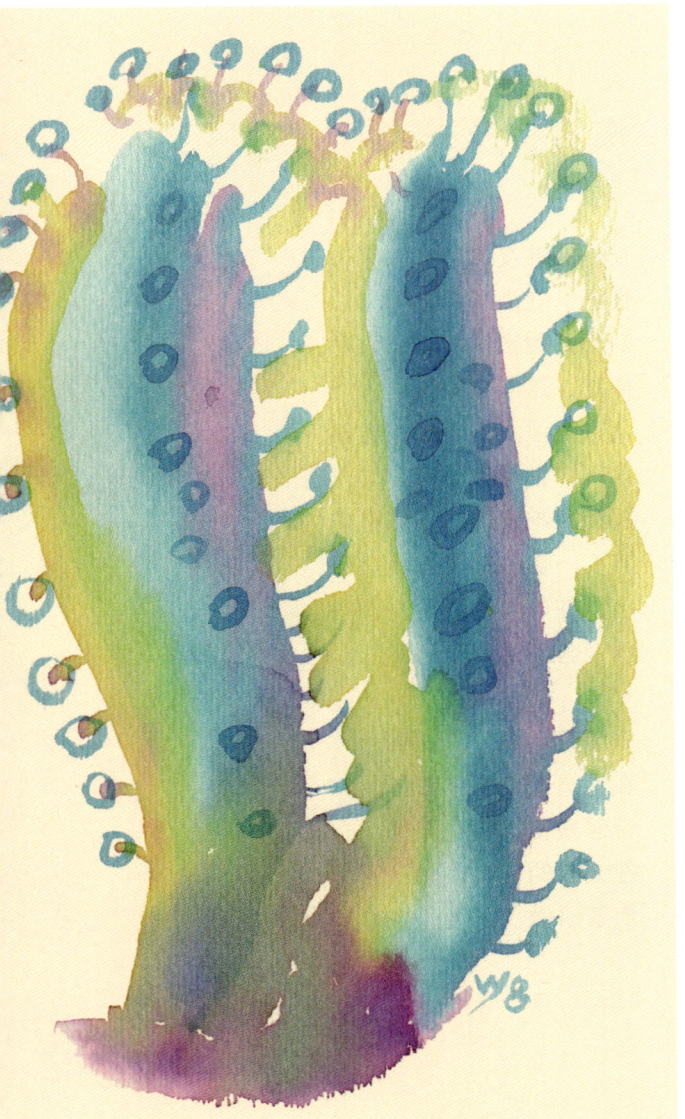

伤着骄傲去飞

窗外,静夜思,远山凉……
你看,在山那边,
时光好甜蜜,可惜已太晚。
你瞧,这早生的华发,
又一次泄漏了青春的癫狂。
你听,在缥缈着暗香的花园里,
那夜莺与玫瑰,正在窃窃私语。
其实一切,都可以沉默吧。
沉默在广阔的绿荫里,
绿荫含着泪,含泪不语。

只想记下岁月的温柔,
在西边最美的夕阳里,
带着残花烂漫的孤寂,
在无痕的心坎上,
伤着骄傲,去飞。

2016 年 5 月 15 日

好想你

我好想你,
在这个轻软的夜。
你看天上星,
舒展着锋芒,
带着豪放的思念,
萌芽了爱你的心。
只是生命的过往,
总在无意间夹着戏虐,
挥动着一瞥利剑,
窥探着模糊的双眼,
磨砺着清荫的世界。

然而,明月隐高树,
长河没晓天。
自然依旧自然,
万象岂止无边。
一切未知的辽阔,
用最奢侈的错置,
庄严了有知的灵魂,
像迷醉的蝴蝶,

迷醉在漫山浅浅的黄昏里,发着呆。

我好想你,
在这个轻软的夜。
你看天上星,
舒展着锋芒,
带着豪放的思念,
萌芽了爱你的心,爱你的心……

2016年5月19日

思量

深夜,月缺时。笔尖轻弹着墨,
借一缕星光,
不相忆,自难忘……
人生若是长情,
见之不忘,无泪有伤。
怕是思量,
已是思量,不胜思量,
岂能不思量。

2016 年 5 月 12 日

纯净的信仰

当唯一的星遇见了唯一的你,
那如爱般的情,
便缀满了颜色。
你可知?
爱,亦宠。知,亦怜。
信,亦随。惜,亦守。
这一切,似乎成全了生活的底色。
既而生活,是最动人的情话。
然而情话,是最纯净的信仰。

2016 年 5 月 30 日

孤独中的成熟

端午,在恒星的夜里漂流着。
良辰,在落花的景里忆故人。
窗棂,在害羞的风里,说遗憾。
书案,在残留的香里,守思念。
这一切都是那么的顺其自然。

然而,岁月的岁月啊……
你可有情?
当你靠近的时候,
可否细听?
细听那些弱弱、小小、淡淡的柔软的心境……
你可知,
乱云当空,那些寂静的、空阔的、
有涯无涯的、谦卑的萧索,
在遗憾的最初,
被温柔地对待着。

然而,
离别总会让命运的花蕾失去曾经的记忆。
它在生命的湖里,

弯曲着倒影,辗转着沉默。
它就是这样成熟着……
在成熟的路上,
就这样孤零零的成熟着……

2016年6月9日

窗前人

花谢了,
远方的山,空了。
星淡了,
天上的月,缺了。
风皱了,
想你的夜,长了。
梦醒了,
窗前的人,老了。

2016 年 6 月 23 日

在这漫天的星里爱你

我爱你,爱到不留一丝痕迹。
那滋味,像蝴蝶在花影里纷飞着,
纷飞着留下的一丝丝痒痒的甜蜜。
那甜蜜泛着红,
温软在夏夜的风里。
那风,带着虫鸣,
拥着袭人的香,
偷取了痴心的笑,
在这漫天的星里,爱你……

2016 年 7 月 8 日

月亮睡着了

月亮,睡着了,轻轻地放着光。
星光下,眷恋着春的影,完整一片。
而小巷是静的。
那里徘徊着风,点缀着梦。
无言地相对,
温存着寂寞的时间。
难得,难得这般的纯粹,
就像你。
你,是纯粹的。

还记得玫瑰花开的季节吗?
四下里放着香,
丝丝零落的花片,
在窗外寻觅着失落的浪漫。
这样的小巷,
孤独与荒凉,在黑夜里凝神。
一次牢骚的时间,
轻率与不满转了个弯,
如同一个做旧的时代。
而月亮睡着了,轻轻地放着光,

星光下，
眷恋着春的影，完整一片。
我想说，那里有你，有梦，
还有漫山遍野的春光。

2015 年 6 月 10 日

我愿

明月几时有?把酒问青天。
不知天上宫阙,今夕是何年?
又逢中秋,浮华落尽,月色如洗。
那悄然而逝的仲夏,
飞花万盏,秋的丰腴。
然而这丰腴,似一场邂逅。
它总在不期然的拐角,
调侃着宿命的相逢。
然而相逢不过是向岁月借来的一段,
或长或短的光阴。
所以,不必问,永远有多远。
正如你对我说:不信来世,只信此生。
此生,愿听你哭,愿闻你笑……

2016年9月15日

缘分天空

凉风起四海,万树尽秋声。
秋声无觅处,长江滚滚来。

今晚,窗外下着雨,
又是一年的秋,
又是一年的光景,
又一个青涩的季节离我远去,
漠然地不再相识。

还记得那一个清晨,
青春一卷而去,
却又云淡风轻地洒下一地金黄,
丰腴了满山巅的彷徨,
漫过我生命的沙滩,
毫无迟疑地向前奔去。
偶然发现,前方,
原来是你,缘来是我。
原来这就是我们——

情愿化成一片落叶,

落在彼此最柔软的梦里,
和这世间没有任何牵连,
紧抱着彼此的心,
忘掉曾有这世界,
忘掉任一座高峰,
带着初放芽的稚真,
延展信仰,净透我们的爱,
在这缘分的天空下,
膜拜未来。

2016 年 9 月 28 日

寂寞人生

月,舒展一江水的秋,
你可曾看见它的眷恋?
它怀抱百般的痴情,
暗示你每一个深思的心境。
假如,借给你一时的豪放,
去斩断这世间的缠绵。
站在那一穹澎湃的海边,
你是否能看见那灵魂的颜色?

也许这人间的季候,
来不及一世的完整。
也许那春留残红、秋守黄叶,
来不及轻弹这四季的梦。
但是这一切,何尝不完整?
或许生命的样式太薄弱。
它素写般的勾勒着幽郁的虔诚,
清狂着柔软的天性,
浮动着希望,沉静、再沉静……
沉静到底,是吹散了云烟的寂寞人生。

2016 年 9 月 30 日

牵 手

月,如孤傲的屏障,
绵长了影子里的风。
它渺小的追着一丝想念,
惆怅,再惆怅……
那一江水的星,
隐隐一小把安静。
它客串了秋的眼睛,
多情,再多情……
看,这世间的万物,
谁能逃脱时间的威严?
在那喧腾声中幻灭了天?
唯有你,我那娇小的青春,
你与飞鸟分手,
却又惋惜花间的梦。
如今这一片静,原谅我吧。
它圣洁遥远地含着泪,
化作智慧的模样,
含着笑像出水的莲。

一切的最美在反复中温柔。

唯有你，我那娇小的青春，
仍深藏着澄澈明朗的年轮。
此刻，所有的留恋，
与将尽未尽的碰触，
在那远山烂漫的游荡中，
与青春牵手，与你我，常情。

2015 年 10 月 26 日

孤枕难眠

春的夜晚，人在窗前，心在天边；
春的夜晚，你在月下，我在花间；
春的夜晚，繁星点点，清风淡淡；
春的夜晚，为你点灯，孤枕难眠。

2015 年 4 月 1 日

归家

电闪雷鸣,风雨交加。
断了月光,碎了春花。
天水之间,似万丈琴弦,
飞流直下,一往无前。
而归家的人儿,切莫心慌。
那海棠依旧怒放,
宝贝快乐安详。
窗前一枝红笺,
潇洒、自在、轻狂。

归来吧,亲爱的人,
慢慢归家,安全到达。

2015 年 4 月 2 日

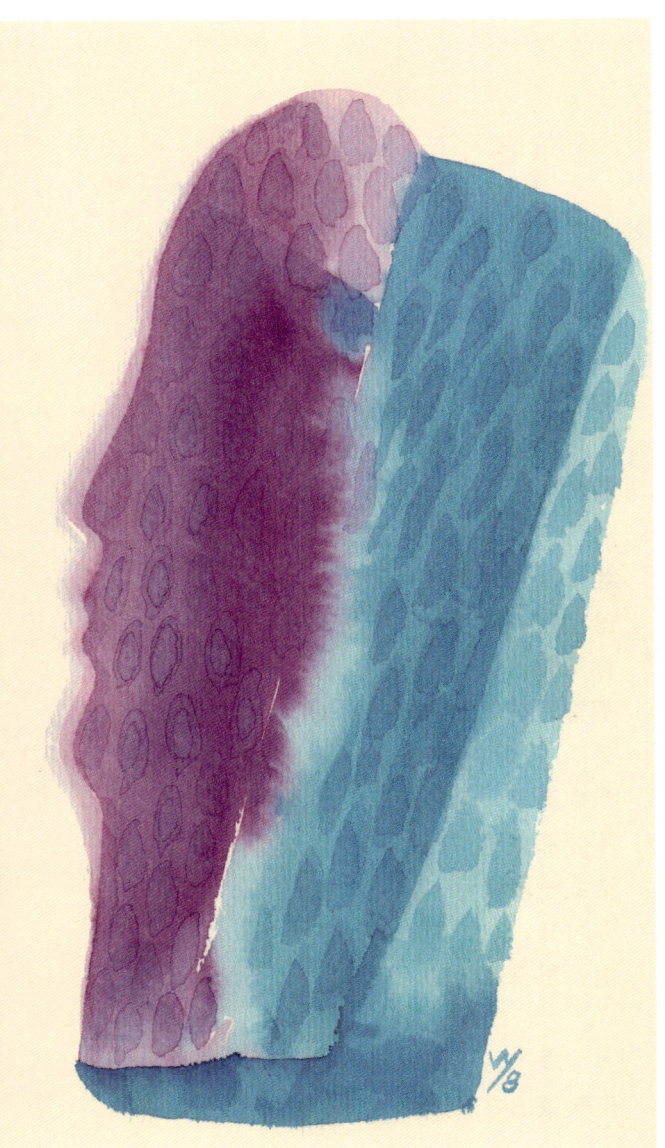

当你老了

当你老了,池子一脉静。
不要独自修身吧,
留给我一扇窗。
你可知,
孤伶的影子,
我怕。

当你老了,清泉旁闲开着花。
给我留一缕香,
你可知,
那香里有你的味道,我爱。

当你老了,落日凝冻了残霞。
不要那么无言吧。
送我一段情话,
你可知,
情话里有你的吻,我醉。

当你老了,也许一切都变了。
但天依旧守着地,

月依旧守着星。
你也要依旧守着我,
你可知,
没有你,我便是枯萎。
有了你,我便从此天真……

2015年4月23日

相望来生

月夜倾诉,
云外,天外,一片淡然。
亲爱的,记得你曾说过,
我是早熟的小孩。
乖与不乖,
就像四月的天。
我说你是金色的麦浪,
熟与不熟,印在麦浪之颠。
我说喜欢牵你的手,
你说牵手就要一辈子。
我说喜欢私语呢喃,
你说私语呢喃要有来生。
来生?来生有多久?
不管多久,有你,便有我的来生。

2015 年 5 月 6 日

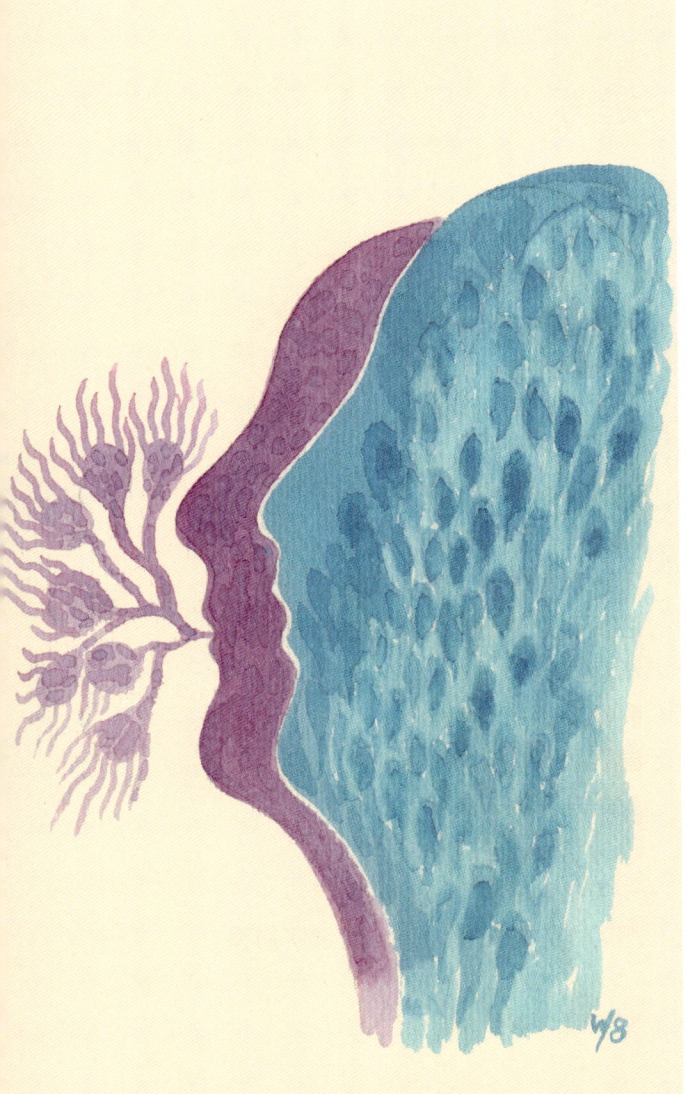

远方

春水流,流向远方。
远方的山封锁了城墙。
城墙里有梦,有星。
梦翻过星,
卷入白茫茫的海洋。

在远方,澄蓝的天空里,
流云一片片变幻。
不敢触碰那没有着落的牵连,
心没底止地化作一缕烟吹散渐远……
渐远处,
静默了落花的温柔,
温柔入眼帘。
就是这样的,
现实与光阴分定了方向。
一条枯影渐斜了远方,
那远方,粘贴着希望,瘦细了彷徨。

2015 年 5 月 22 日

偷来的悲伤

看,那天上的星,
像跳动的音符,
闪亮着你的眼。
随后,那一阵风的动态,
飘摇到底,错过了寂寞一片。
然而寂寞是花开的希望,
它不曾被遗忘。
但遗忘却在流浪里翱翔。

这世间的轮回,
变幻,变幻,在太空里游转。
然而无妨。它不曾错看了方向。
在这广漠的夜里,
苍穹抚慰着凌弱的心房。
在呼吸之间,
带动着春的芳香。
然而,是谁的大胆,
怂恿了这月的动荡?
让这无言的黯然,
诉说着偷来的悲伤。

但愿一切如常,
年华宁静了温柔,
光阴烂漫了海洋。

2015 年 5 月 27 日

宁静与忧伤

矮墙上流浪着一脉小草,
它们无声无息地相伴着。
有一天,花儿独自在晚霞里哭泣,
它伤心地问:为何我每次落在你那里,
你总是心甘情愿地接受?
小草说:只因你的美丽,
让我没有压力。

有一天,风儿走在小巷里,
它失落地问:
为何我发脾气,你只是弯腰,却不肯赎罪?
小草说:只因你不愿给我机会。

有一天,云朵感冒了化成雨,
它难过地说:
为何我泪如雨下,你却无动于衷?
小草说:雨后便是彩虹。

有一天,月亮孤傲地跳上屋檐,
它冷漠地说:

我只给你一点光,为何你从不抵抗。
小草说:只因弱小,无需抵抗。

有一天,矮墙在影子里默默地问:
小草,我只是一片矮小的墙,
除了满身雪白,便是一无所有。
而你,可以随风赏花,观云追月。
但是,你为何守着我不放?
为何依然宁静如初?
难道你不曾忧伤吗?
小草说:
不放,只因忠诚,如初,才有希望。
而宁静,那是岁月与我的忧伤。

2015 年 5 月 30 日

有你而安

我,我与你的缘,难解难分。
我,我与你的情,难舍难断。
你,你与我的爱,默默相守。
你,你与我的命,息息相关。

你可知:此世,古往今来;
此界,上下四方;
此世,因你而来;
此界,因你而宽。
天地人和,世事变迁。
此世此界,有你而安。

2016年8月8日

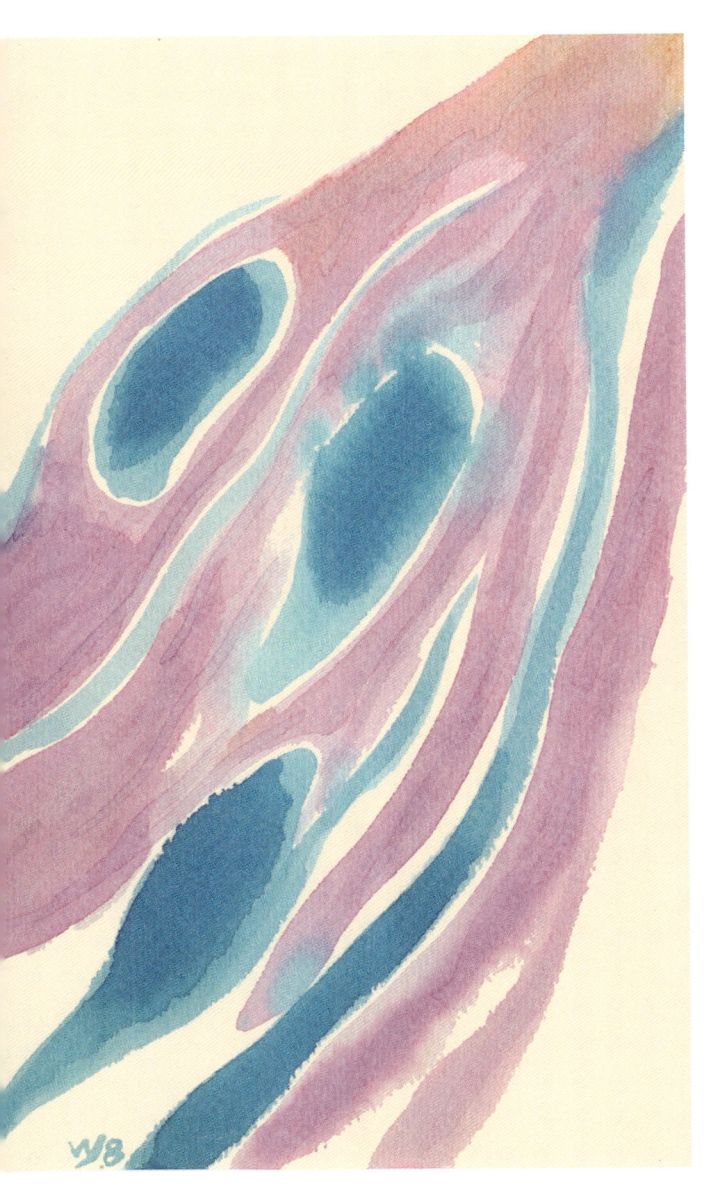

随心流浪

秋夜,我在星光下写着赋予你的诺言,
在用这一世界的沉醉去寻你。
然而却发现,思念,很无力。
因为它没有尽头,
它在现实的生命里独酌,
在邂逅以外的荒凉下寒暄。

或许,何处合成愁,离人心上秋,
或许,事世境在佛,万物恨已休。
那就去吧。去随心流浪吧。
在这个遥远的秋夜,
随心,流浪吧。

2016 年 8 月 30 日

把你藏好

我把你藏好了,亲爱的。
藏在这一抹温甜的月色里。
桌上的玫瑰,呢喃不语。
娇羞的模样,粉润着漫天的星。
于是,我又把你藏了进去,
并带上我这颗爱你的心。
看,这初秋的夜,豪放而多情。
那风,暖暖的、暖暖的,
小溪潺潺,花香一片。
于是,我情愿跟着它,
跟着它一直软下去,
直到软缩在你的怀里,
我便是这世间,最幸福的奇迹。

其实,这世间的一切,
本是美好而神秘的。
它在不轻易间,
心没底止地徜徉在宇宙的摇篮里。
哪怕是有一点点的孤单,
也会在孤单的世界里,

流淌着爱的讯息。
因为孤单会让爱更美丽。

我爱你,我的亲爱的。
爱你的眼睛,
爱你的脾气,
爱你的声音,
爱你一切让我窒息的记忆,
还有你那颗疼爱我的心。

我把你藏好了,亲爱的。
藏在这一抹温甜的月色里。
因为我知道,
你是我这辈子最幸运的传奇。

2015 年 8 月 17 日

爱的伴侣

不知乘月几人归,
落月摇情满江树……
是思念太懦弱,
还是你与我牵连着夜的距离……
你可知？这秋夜触遇了我太多的惆怅。
你看，窗外的风,
温存了空虚的世界,
满地的落叶沉默了枯萎的忧伤。

我的亲爱的,
在这整片的星空下,
江水纵容了我缠绵的梦,
杜鹃眷恋着我委婉的情。
然而，我的眼里只有你。
你是我坚毅的伴侣,
我是你生生世世柔软的妻。

2016 年 11 月 1 日

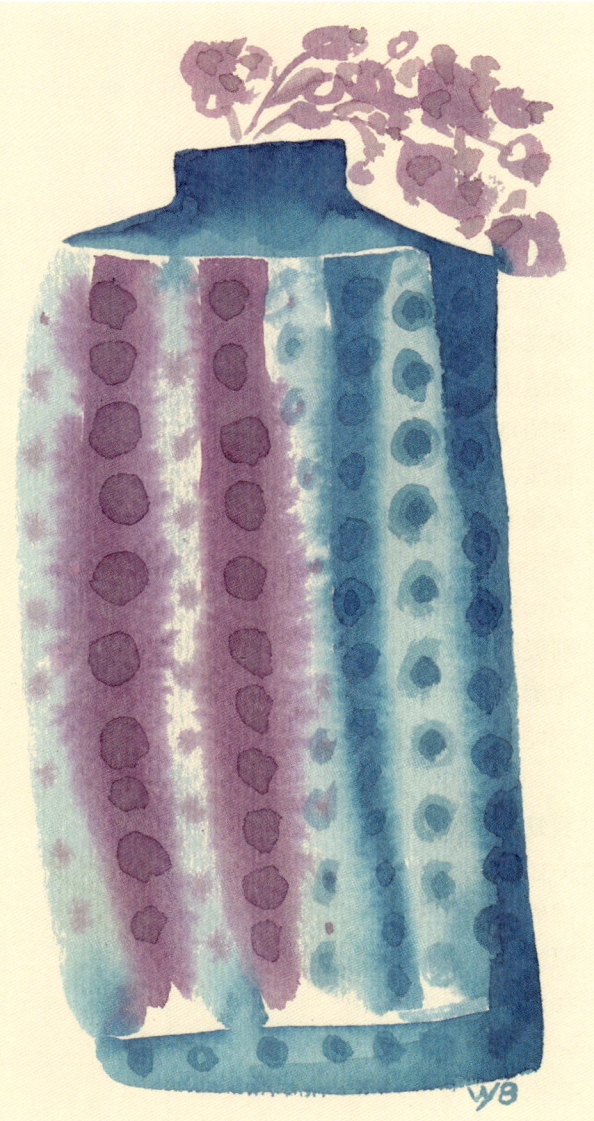

来生缘

我爱你,心爱的。
你就像一座充满画意的山峰,
耸立在我柔软的世界里。
看这天上的一轮月,
独语地告白着。
翩然辞别的风,
叹息着行者的来意。
而你,我的心爱的,
你一如往昔地伏案埋头,
刚毅的双眼,
轮廓坚挺的志愿,
怎能不让我爱恋?

我爱你,我的心爱的,
一如这玲珑的夜。
哪怕是逐日的苍老,
哪怕是铜版画的脸庞,
我都愿意爱着你。
黏着你的手,
在松林间漫步,

挽着一缕星光,
放掉一切凌乱,
与你结缘来世,
与你相伴今生。

2015年11月19日

一世尘埃

夜,带着一天的痕迹,
梳理着情绪的枝叶,
窥探着天边的星。
那星,锋芒、庄严,
却呢喃着初冬的清淡,
静默了远方的山。
那山,全是你的。
它带着不经意的凌乱,
却迷醉了四季的眼,
清狂了西窗的温甜,
一点一点地厮磨着。
厮磨着寂寞的希望,
孤傲着回忆的残红。
那残红,枯影瘦细了月,
静挂在彷徨的岸边,
浮华落尽,修得一世尘埃,
如梦,如烟……

2016 年 11 月 8 日

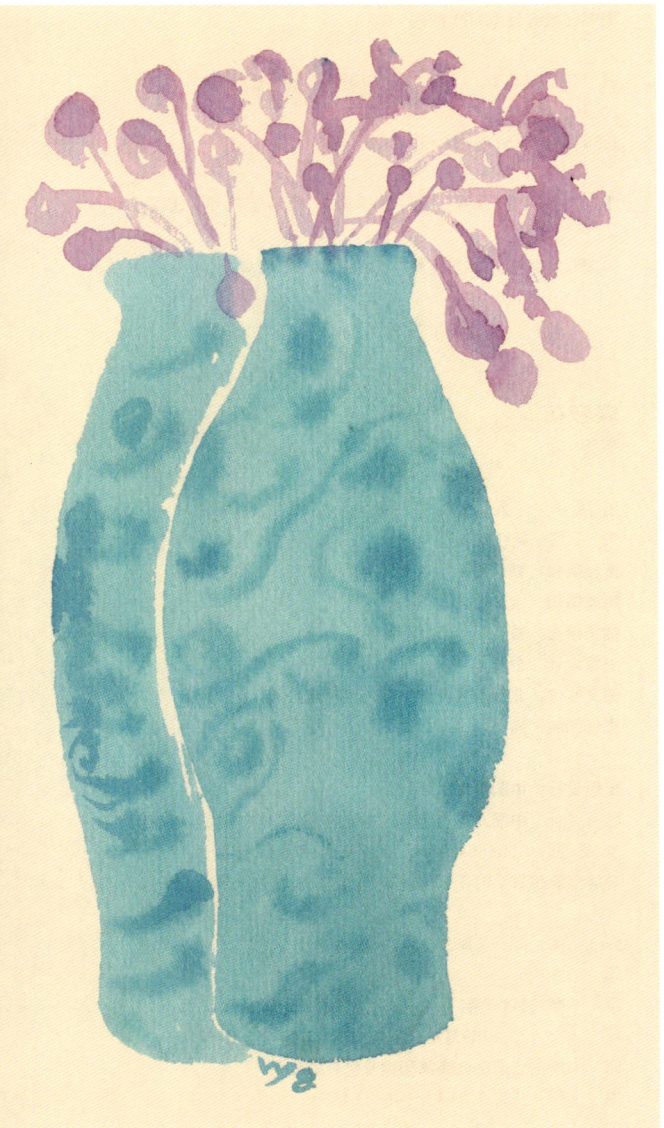

图书在版编目(CIP)数据

蝶恋花 / 高菲著. -- 北京：中国画报出版社，
2018.9
ISBN 978-7-5146-1645-3

Ⅰ. ①蝶… Ⅱ. ①高… Ⅲ. ①诗集－中国－当代 Ⅳ. ①I227

中国版本图书馆CIP数据核字(2018)第174771号

蝶恋花

高菲 著

出 版 人：	于九涛
策　　划：	吴红梅
责任编辑：	郭翠青
特邀编辑：	宝贵敏
插图绘画：	吾要
书籍设计：	吾要
图文制作：	北京东方乾坤文化传媒有限公司
责任印制：	焦洋

出版发行：中国画报出版社
地　　址：中国北京市海淀区车公庄西路33号　邮编：100048
发 行 部：010-68469781　010-68414683（传真）
总编室兼传真：010-88417359　版权部：010-88417359

开　　本：	48开（889mm×1194mm）
印　　张：	6
字　　数：	100千字
版　　次：	2018年9月第1版　2018年9月第1次印刷
印　　刷：	北京奇良海德印刷股份有限公司
书　　号：	ISBN 978-7-5146-1645-3
定　　价：	128.00元